W0469509

AU NOM DE PIERRE ET DU FILS

Martine Franssen

Au nom de Pierre et du fils

Éditions Baudelaire

© Éditions Baudelaire, 2013

Envois de manuscrits :
Éditions Baudelaire – 11, cours Vitton – 69452 Lyon Cedex 06

Le Code de la propriété intellectuelle interdit les copies ou reproductions destinées à une utilisation collective. Toute représentation ou reproduction intégrale ou partielle faite par quelque procédé que ce soit, sans le consentement de l'auteur ou de ses ayants cause, est illicite et constitue une contrefaçon sanctionnée par les articles L 335-2 et suivants du Code de la propriété intellectuelle.

Ce que nous cherchons n'est pas une religion
mais un chemin au cœur de la réalité
qui transcende toutes les religions.
Kenneth White

Je dédie cet ouvrage à nos deux filles, victimes collatérales de la vicissitude de leur frère et les remercie affectueusement pour la confiance qu'elles nous ont accordée ces vingt dernières années. Je salue leur courage et leur foi en l'amour.

PREMIÈRE PARTIE
LE CHAOS

La vie, c'est ce qui t'arrive quand tu fais d'autres plans.
John Lennon

Footballeur professionnel.

Ces deux mots résumaient, selon lui, l'avenir de Pierre, dès l'âge de quatre ans. À défaut de pousser le ballon du pied, il avait piétiné d'impatience jusqu'à l'âge de six ans requis pour s'inscrire dans un club de foot et obtenir une licence.

Le championnat belge avec le S.C. d'Anderlecht, le club qui « devait » (!) l'engager plus tard ainsi que les deux coupes du monde qui ont précédé son accident, il les avait suivis assidûment. Aujourd'hui encore, il est capable de citer les différents scores du mondial 1990, le nom et les caractéristiques d'une multitude de joueurs.

Six ans à peine sonnés, il avait adhéré à l'équipe des « diablotins » de l'U.R. Namur (Belgique). Ouf, tout arrive ! Entraînement le mercredi après-midi et match le samedi matin. Pierre ne se débrouillait pas mal sur le terrain. Il s'identifiait à son idole de l'époque, Luis Oliveira. Il gérait son équipement de foot avec soin et une discipline librement consentie. Pierre entendait respecter les joueurs et les lois du sport, regrettait les tricheries et les comportements excessifs. Au sport comme ailleurs, il s'agissait d'être propre, disait-il. Les défaites, il les supportait mal, au point de pleurer, de râler et c'était une occasion pour nous, ses parents, de lui apprendre à assumer une déception et ce qu'il percevait comme un échec. L'affaire était si sérieuse à ses yeux qu'il a profité un jour de la mi-temps pour venir me trouver au bord du terrain, m'invitant à m'éloigner car j'avais pesté contre un joueur adverse qui l'avait crocheté volontairement et avait provoqué sa chute afin d'arrêter sa course folle vers la cage tant convoitée. Je n'ai jamais oublié ce qu'il est venu me dire, encore rouge de colère : « J'ai entendu ta remarque quand je me suis fait crocheter. Ne recommence pas. Le foot, ce n'est pas un jeu de petite fille. Alors, va au vestiaire, tricote, fais quelque chose mais restes-y. » Il est parti rejoindre les autres, me laissant là, confuse. C'est sûr, mon attitude, dictée par mes larges ailes de mère, mais néanmoins inadaptée, l'avait offensé.

Du temps a passé avant qu'il me réinvite aux matches, avec la promesse de me taire. Il préférait la compagnie de son papa, spectateur averti, rompu aux règles du foot et surtout, réservé pendant le déroulement de la rencontre. Les commentaires et échanges d'après match étaient, pour chacun, des moments de forte connivence. Quelque part, çà m'arrangeait car je n'ai jamais compris grand-chose au football, un sport qui me paraît de surcroît relativement violent. Ce dernier propos n'engage que moi car il ne sera pas partagé par les inconditionnels comme l'était Pierre qui, depuis l'accident, s'est détourné de cette passion au profit du spectacle qu'offre le rugby. Ce désintéressement pour le foot n'est probablement pas un hasard…

Demain ne sera pas comme hier.
Il sera nouveau et il dépendra de nous.
Il est moins à découvrir qu'à inventer.
Gaston Berger

28 août 1991. Pierre a huit ans et demi.

Aujourd'hui, pour la première fois, Pierre se rend seul, à vélo, chez le coiffeur du village à quelques tours de pédales de chez nous. Il est parvenu à me convaincre de le « lâcher », qu'il serait prudent. Un brin moqueur, il exprime les recommandations d'usage liées à la sécurité routière. Il connaît le refrain, il sait quel effort je consens.

À son retour, il est fier de m'avoir prouvé sa capacité à grandir et je le félicite.

L'après-midi, Pierre file, à vélo toujours, chez ses cousins qui habitent à un « jet de pierre » de chez nous. Jonathan et Corentin sont également ses compagnons d'école puis de jeux pendant les congés. Inséparables. Pierre a empoigné son gros sac de billes, enfourché son vélo et le voilà parti. Il réapparaîtra plus tard, fâché contre Corentin qui, dit-il, a triché, lui subtilisant ainsi des billes non méritées. Il se jure, comme d'habitude, de ne plus jamais jouer avec ce cousin jugé incorrect. Mais, dans le quart d'heure qui suit, Pierre me prévient qu'il y retourne, mécontent, mais l'envie de jouer et l'amitié qui le lie à Corentin sont plus vives que la rancune. Ce scénario répétitif, je l'attendais et cela m'amusait intérieurement.

Pierre me rappelle néanmoins qu'il sera de retour vers 17h15 pour prendre son sac de sport et se rendre à l'entraînement de foot. Ah ben oui, c'est mercredi.

Il sort de la maison.

Je ne sais pas encore que je le vois marcher pour la dernière fois.

À 17h15, ce n'est pas Pierre qui est venu chercher son sac de sport, c'est ma belle-sœur, la maman de Corentin qui faisait irruption dans le salon, accompagnée d'une jeune femme, toutes deux hagardes.

— Pierre vient d'avoir un accident. Devant chez moi.

— Oh non !!! Est-ce grave ?

— Oui. Les secours sont prévenus.

Elles sont reparties en courant vers Pierre.

Je suis restée là, paralysée. Une seule certitude, une seule pensée, quatre mots me burinaient l'esprit : mon fils est mort. Très vite, j'ai entendu retentir le signal d'approche du Samu. Ce pimpon me terrorisait davantage. Je suffoquais de peur, celle de perdre ou d'avoir perdu mon fils. Je suis restée là de très longues minutes. Qu'attendais-je pour rejoindre l'endroit où gisait Pierre que le médecin urgentiste conditionnait sur place ? Je ne sais pas. Je pensais seulement devenir folle.

Puis, je me suis décidée à y aller, à petits pas. J'évoluais dans la rue comme un automate. J'ai entendu l'ambulance s'éloigner et aperçu des gens, la mine défaite. Ma belle-sœur s'est approchée de moi, accompagnée encore de la jeune femme. « Pierre est vivant, mais dans le coma. C'est grave ». La jeune femme n'était autre que la compagne du conducteur qui avait renversé Pierre sur son vélo. Cet homme s'est approché de moi et s'est présenté, calmement. Je lui ai demandé s'il était sous l'influence de l'alcool, s'il roulait trop vite. Le test d'alcoolémie pratiqué immédiatement s'était révélé négatif et il me disait avoir percuté Pierre alors qu'il roulait à 40 km/heure. Plus tard, les calculs établis par l'expert du parquet sur base des traces de freinage évalueront la vitesse de la voiture à 74 km/heure là où elle était limitée à 50. L'expert a néanmoins jugé Pierre responsable de l'accident.

Je suis rentrée chez moi et mon mari arrivait en même temps, ignorant tout du drame qui se jouait autour de notre fils. En quelques mots, j'ai pu articuler ce qui venait de se produire. Il est reparti aussi sec vers l'hôpital où Pierre venait d'être transporté. Moi, j'ai attendu, assise sur un fauteuil. Charles (mon mari) est revenu dans la soirée avec des nouvelles peu rassurantes: Pierre souffrait d'un traumatisme crânien sévère, conjoint à un œdème cérébral. Kinésithérapeute, il savait en quoi consistaient cette pathologie et ses conséquences mais il ne m'en a rien dit. Ces termes barbares, je les entendais pour la première fois de ma vie, je ne les comprenais pas et cela m'importait peu. La seule chose qui m'intéressait, c'était le pronostic vital de Pierre mais personne ne pouvait se prononcer à ce stade des investigations médicales.

La tâche de Charles, papa de Pierre, était doublement rude car il lui fallait souffrir sans trop le montrer, pensait-il, car il voulait aussi me protéger, répondre à mes questions les plus énervantes car répétitives et en désaccord avec la gravité des problèmes de Pierre, NOTRE fils.

Je dois rendre hommage à ma belle-sœur qui, dès cet instant, est restée physiquement et moralement très proche de nous et de Pierre jusqu'à « écouter », sans ciller, mes silences interminables. J'adresse le même hommage à ma maman qui fut exemplaire par son soutien, son calme et sa présence à nos côtés aussi longtemps que ce fut nécessaire dans le temps.

Cette nuit-là, ma belle-sœur m'a accompagnée à l'hôpital à deux heures. Je décidais enfin de me confronter à la réalité. Le personnel des soins intensifs nous a laissé entrer. Là, j'ai vu Pierre inerte, entouré de machines de contrôles, assisté du respirateur et harnaché d'électrodes, de perfusions, de fins tuyaux introduits dans les narines. Une vision terrifiante m'envahissait au fil des minutes qui s'écoulaient. J'avais l'impression de m'évaporer et, peut-être l'ai-je souhaité réellement. M'évaporer pour me poser comme se pose la vapeur, doucement après l'ébullition et disparaît enfin. J'aurais voulu m'évaporer, c'est sûr.

Un peu de répit s'imposait à moi et ce répit, je l'ai obtenu. Les quatre jours qui ont suivi, je suis restée prostrée, incapable de prononcer un mot, de m'alimenter, de bouger. Mon fils avait sombré dans un coma profond dès l'instant du choc et moi-même, je vivotais dans ce que je voudrais appeler une sorte de coma émotionnel. Comme si j'avais voulu vivre en symbiose l'absence de conscience de Pierre et le partage de sa souffrance. Inconsciemment, Pierre et moi ne faisions à nouveau plus qu'un comme au temps de ma grossesse quand il vivait en moi et par moi. Cette torpeur s'est arrêtée un soir quand mon mari m'a sortie de ce fauteuil, m'a levée de force, m'a secouée et enjoint de réagir. Le ton de parole se voulait énergique, impératif.

RÉAGIR. Ce mot a résonné dans ma tête et on verra que, chemin faisant, il a raisonné ma tête.

Aux soins intensifs, nous avions droit à deux visites d'une heure par jour, l'une l'après-midi et l'autre le soir. Durant ces jours de prostration, j'avais été incapable de m'y rendre et Charles visitait seul notre fils, se renseignait inlassablement sur l'évolution de la situation. Dès le lendemain de mon « réveil », j'ai accompagné mon mari à chacune des visites. Aucune amélioration, les paramètres parlaient d'eux-mêmes. Le rythme cardiaque de Pierre s'affolait, atteignait des pointes jusqu'à 180 pulsations/minutes, son petit corps était secoué de tremblements impressionnants, occasionnés par des perturbations du système nerveux central. Charles dispensait à Pierre des massages relaxants sur tout le corps. Le rythme cardiaque s'affaiblissait peu à peu jusqu'à redevenir normal, les tremblements cessaient, Pierre paraissait apaisé. Chacune de nos visites était ponctuée par ce rituel corporel. Pierre est resté six semaines dans ce service, jusqu'à ce qu'il soit capable de respirer sans l'assistance du respirateur.

Au départ, il avait fallu une semaine et bien des insistances pour rencontrer le neurochirurgien qui avait pris en charge le cas de Pierre. Il allait désormais le suivre les seize années suivantes, jusqu'à notre départ pour la France. Excellent praticien, il n'en restait pas moins réservé par rapport au pronostic évolutif de Pierre.

Il se montrait plutôt pessimiste. Pierre pourrait vivre, oui, mais dans un état végétatif, disait-il.

L'œdème cérébral ne se résorbant pas, il a pratiqué un geste chirurgical qui consistait à poser une dérivation dont le rôle serait de faire circuler le liquide céphalorachidien et libérer de la sorte la compression cérébrale occasionnée par l'œdème.

Je ne rentrerai pas ici dans des explications d'ordre médical qui dépassent, on s'en doute, largement mes compétences et qui ne rejoignent pas le but de cet ouvrage.

Réagir-s'adapter-s'enrichir

Ces trois verbes qui annoncent ce nouveau chapitre allaient guider toutes nos actions futures, notre manière de penser, de vivre, d'ÊTRE.

Bien consciente à présent, opiniâtre par nature et assortie d'un mari que les discours défaitistes et cartésiens n'ébranlent pas, nous nous sommes lancés dans un combat pour la vie et non pour la mort, qu'elle soit annoncée ou imaginable. « La mort est un manque de savoir vivre » (Sacha Guitry).

Pierre nécessitait un accompagnement médical de qualité et c'était le cas.

Les différents modes de stimulations, qu'elles soient physiques, morales ou affectives, nous voulions nous les approprier sans réserve. Charles à rapidement procuré à Pierre des traitements homéopathiques compatibles avec l'allopathie qui lui était distribuée à l'hôpital, il m'a appris les massages relaxants car il m'arrivait maintenant de prolonger seule nos visites alors qu'il devait poursuivre son activité professionnelle. Je m'appliquais de mon mieux dans ce nouveau registre mais… je demande grâce à tous les kinés de France et de Navarre pour l'approximation probable à reproduire les gestes thérapeutiques que m'enseignait Charles. L'essentiel, c'était que çà marche et que je rassure mon fils.

Les petits copains de classe ont enregistré, sur des cassettes audio des messages d'encouragement à Pierre, des chansons apprises en classe avec lui l'année précédente. Nous enregistrions les matches de foot de son équipe favorite, Anderlecht (souvenez-vous…), celle qui « devait » engager Pierre plus tard comme il l'avait rêvé au temps de l'insouciance. Chaque jour, nous lui posions le casque sur la tête afin qu'il puisse entendre, sinon écouter, toutes ces voix, ces commentaires qui lui étaient chers et familiers.

Nous lui parlions beaucoup, comme s'il était conscient, nous lui racontions le quotidien, ses sœurs, ses cousins, tout ce qui l'intéressait. Peut-être nous entendait-il, peut-être notre voix l'apaisait-elle. Nous le touchions. Nous le massions. Nous le caressions. Mon mari, par la profession, attache évidemment beaucoup d'importance au langage corporel. En tant que parents, c'est bien sûr une attitude naturelle, spontanée.

Quoi qu'il en soit, Pierre devait rester en contact avec nous et inversement. Nous ne lésinions aucunement sur ces approches tactiles et verbales, des besoins réciproques qui suggéraient des moments privilégiés d'intimité avec notre fils.

La famille, les proches rendaient visite à Pierre, stimulation importante également. Nous avons assisté là à toutes sortes de réactions et comportements. Les uns nous encourageaient à nous battre avec Pierre tandis que d'autres exprimaient leur tristesse, leur impuissance face à un « tel tableau » (sic). D'autres restaient figés, ne sachant que dire. Que dire d'ailleurs si l'on est à ce point désemparé ? Mais aussi, comble du désespoir, ceux qui pleuraient au pied du lit de Pierre comme ils auraient pleuré devant un petit cercueil. Si nous n'avions pas la moindre animosité vis-à-vis de ces personnes sensibles, bouleversées, incapables de prononcer un mot, ces comportements nous fragilisaient. Or, nous devions rester solides. Nous nous étions investis d'une mission délicate, celle d'instiller à Pierre des forces vives pour son combat. Pierre n'était pas mort. On ne pleure pas un être vivant. Ne l'aidons pas de cette façon à sombrer davantage, il lui faut tellement de stimulations pour lutter contre celle qu'on appelle la grande faucheuse et qui passe si souvent trop tôt. Par conséquent, nous avons invité ces personnes, par trop impressionnables, de limiter les visites en motivant délicatement notre décision. Seules, les énergies positives pouvaient servir efficacement Pierre et nous-mêmes. Les moments de doutes, de questionnements, requièrent la réserve du quidam. Les attitudes sobres s'avèrent les mieux adaptées, les avis sont vains, la pitié tue. L'empathie suffit à apaiser la souffrance et elle fait plaisir car elle est saine. La souffrance, si elle ne s'exprime pas toujours clairement, elle est là, bouillonnante. Pour surgir, elle n'attend qu'une chose : que la pression se libère. Il n'est donc pas utile de la titiller. Elle aura son tour et son rôle à jouer. Nous en reparlerons plus tard car le moment viendra où il faudra l'affronter et lui donner un sens.

Pierre a déclaré une septicémie, nouveau moment de profonde inquiétude. Il fallait agir vite, une transfusion s'imposait et personne, dans la famille, n'était compatible. Appel fut fait à La Croix Rouge et Pierre a reçu le sang d'un généreux inconnu. On ne saluera jamais assez l'altruisme de ces anonymes qui offrent une part d'eux-mêmes à ceux dont la vie en dépend.

Trop de culture épuise un champ fertile.
Bernardin de Saint-Pierre

« La médecine essaie d'être dans le sûr mais la vraie vie, ce n'est pas dans les statistiques ». Ces paroles furent prononcées par un médecin dans le cadre d'une émission télévisée le 28 janvier 2007. Il tentait, par ces mots, de justifier l'erreur d'appréciation d'un confrère qui avait posé un pronostic d'avenir sombre à un patient présent sur le plateau.

Les quelques semaines passées aux soins intensifs furent éprouvantes pour nous dans le sens où le discours des médecins restait invariablement sinistre. Nous les interrogions énormément sur l'évolution de la situation de Pierre mais nous recevions immuablement des réponses alarmantes: pas de progrès, pas de réaction aux stimulations. Mais nous faisions de la résistance.

Mon mari, visiblement imperturbable, a toujours gardé son calme, sa bonne humeur, un sourire pour tous à chacune de nos deux visites quotidiennes. Cela semblait agacer certains à tel point qu'un médecin du service le lui a fait remarquer, alléguant la gravité du cas de notre fils que le comportement *sage* de mon mari paraissait ignorer. Manifestement, un pessimisme avéré habitait le corps médical tandis que nous refusions de céder au désespoir. Ces deux perceptions qui s'opposent ont fini par nous éloigner progressivement des médecins qui ne cherchaient d'ailleurs pas à renouer une relation apparemment compromise, chacun campant sur ses positions. Le tableau des paramètres a subitement disparu de la chambre de Pierre. Nous n'y avions plus droit, peut-être en guise de punition. Cela nous a paru si sot que nous en avons ri. Qu'importe, les médecins faisaient leur travail, nous nous appliquions à nos résolutions de stimulation intensive et le tableau des paramètres, c'était secondaire à notre niveau. À cela s'ajoutaient quand même les borborygmes que nous distillaient les médecins en réponses à nos questions, un jargon inabordable pour les non initiés que nous étions sans doute. Nous avons eu droit à un discours articulé et accessible après que je me fusse finalement énervée et que j'eusse réclamé de leur part un minimum d'humilité et de simplicité car c'était comme si nous étions étrangers à la situation de Pierre, comme si nous interférions dans un domaine qui ne nous concernait pas.

Les seules personnes enclines à nous prodiguer des encouragements furent les infirmières du service. Chaleureuses, attentives, humaines.

C'est néanmoins dans cette atmosphère particulièrement lourde que nous avons accompagné et stimulé notre fils, environ sept semaines, sans jamais nous départir de notre force d'y croire.

Pierre pouvait enfin se passer de l'assistance respiratoire. Il a été transféré au service pédiatrie où nous avons séjourné avec lui encore quelques semaines.

À partir de ce jour-là, un changement radical s'est opéré dans la prise en charge de Pierre car il était accompagné 24/24 heures par un proche. Nous nous relayions, mon mari, ma maman et moi-même pour passer, outre les journées, également les nuits auprès de lui en organisant un réel « tour de garde ».

C'est là, en pédiatrie, que nous avons pu enfin renouer des liens très forts avec notre fils bien qu'il fût toujours dans le coma. Libéré des différents appareils de contrôle, Pierre restait cependant alimenté artificiellement via le « cordon » de gavage. Les stimulations tactiles, physiques, auditives, verbales se sont poursuivies et la télévision, présente dans sa chambre, représentait un atout supplémentaire à cet effet.

Nous ne bombardions pas Pierre à longueur de journée à l'aide de ces supports. Il bénéficiait de silences, de phases de calme, de récupération. Nous le traitions comme un être éveillé, quelqu'un qui ne dort pas. Est éveillée aussi une personne qui se rattache à la vie. Or, chacun a bien compris à présent que c'est la vie qui guidait nos actions. La mort ne nous concernait pas. Si elle devait surgir, il nous faudrait l'accepter mais à aucun moment, nous n'aurions œuvré pour elle ou avec elle.

Pierre recevait plus facilement des visites. Il lui arrivait d'ouvrir les yeux mais son regard restait fixe. Très souvent, je lui faisais moi-même sa toilette, un moyen de plus pour privilégier avec lui un contact charnel. Son papa maintenait jour après jour les massages relaxants. Il est à noter que les tremblements qu'avait présentés Pierre jusque-là se raréfiaient et disparurent complètement.

Les infirmières pédiatriques étaient, à leur tour, très proches de nous. Elles guettaient aussi le moindre signe de réveil, elles parlaient à Pierre, se présentaient nommément à lui quand elles pénétraient dans la chambre. Elles adhéraient au travail de résurgence que nous poursuivions sans discontinuer.

Au fil des jours, des semaines, nous percevions chez Pierre des signes, si minces soient-ils : des clignements de paupières, des mouvements de succion. Nous accordions évidemment de l'importance à cela, les infirmières aussi. Ces petits signes envoyés par Pierre illuminaient notre quotidien. Nous en parlions à tout l'entourage et au *neurochi* bien sûr. Oh erreur ! Peut-être pensait-il nous rassurer en expliquant que ce sont seulement des mouvements-réflexes et donc, non commandés par Pierre. Selon lui, les infirmières, très gentilles, brûlaient d'impatience, elles aussi, de voir Pierre conscient et tous, nous avions tort d'accorder du crédit à ces mouvements qui ne correspondaient à rien de volontaire.

Axiome ! La science, cartésienne, avait parlé une fois encore et aurait pu, de la sorte, réduire à peau de chagrin la poursuite de notre combat. Ce serait mal nous connaître. Certes, il ne cherchait pas à nous saper le moral en nous parlant ainsi. Simplement, il appliquait ce qui lui avait été enseigné, il se basait également sur son expérience de médecin car, c'est sûr, des cas comme celui de Pierre, il en avait dû en connaître bien d'autres. Je ne remets pas en cause les théories de la médecine et l'expérience des praticiens. Ce serait audacieux, voire déplacé de ma part. J'affirme seulement que la médecine n'est pas une science infaillible et qu'elle ne peut prétendre régir, seule, les processus de guérison. J'interrogeais souvent notre médecin traitant qui était tenu au courant par le *neurochi* de l'évolution de Pierre et il me revient qu'un soir, au téléphone, il a répondu ceci à l'une de mes innombrables questions : « Vous savez, Madame, je n'ai pas la science infuse ». Même si je n'obtenais pas la réponse que j'attendais, j'ai réellement apprécié et je salue encore sa remarque. Cet homme faisait preuve d'humilité en reconnaissant ses limites.

Notre souffrance, le *neurochi* la partageait en quelque sorte, nous la ressentions et elle devait être renforcée par le dictat de son savoir. Lui aussi voulait impatiemment le réveil de Pierre. Il nous disait être le père d'un garçon du même âge et cet homme est très humain, çà saute aux yeux. La différence avec nous, c'est qu'il suit une ligne directrice, celle de ses connaissances médicales acquises au fil d'un long cursus que représentent ces études et leur suite afin de maîtriser cette capacité à exercer. Pour nous, les repères étaient si différents. Les signes mineurs que nous envoyait Pierre, nous nous y accrochions avec force et, ces signes-là, personne ne peut les capter et les interpréter. Seuls, les parents sont capables d'un intime ressenti avec leur enfant. Qui osera encore prétendre qu'une personne comateuse ne reçoit pas de message et ne peut y répondre ? Le Docteur Steven Laureys (CHU de Liège) nous a fourni des explications encourageantes à partir du cas de cet homme, dans le coma depuis plus de vingt ans. Des examens, à l'aide d'un scanner, ont montré des petits signes de conscience, mettant ainsi en évidence une erreur d'appréciation et de pronostic dans 40 % des cas environ. La maman de ce jeune homme percevait, elle aussi, des signes que lui envoyait son fils. Pour avoir vécu personnellement deux périodes de coma de courte durée, je peux affirmer avoir perçu de rares informations dans le Ier cas et avoir réagi, paraît-il, à des ordres dans le deuxième cas. Ces réponses se traduisaient par des attitudes. « À force d'oublier d'établir des liens avec les différents éléments de sa connaissance, la pensée scientifique perd contact avec la réalité. Elle se coupe de l'essence même de la vie » (Arnulfo Olivares, cité par Th. Janssen).

Au département pédiatrie, nous avions nos habitudes, nous y étions plus à l'aise, plus sereins aussi dans la mesure où Pierre était débarrassé de l'arnachement obligé qu'imposait son état durant son séjour aux soins intensifs. L'équipe intrafamiliale fonctionnait très bien, sans faillir à la tâche dans la tournante jour-nuit autour de Pierre. La proximité avec l'équipe des soignants parvenait à adoucir cette période de lutte pour la vie. Comme nous, ces femmes voulaient croire en Pierre et en une forme de réhabilitation. « La vie est l'ensemble des fonctions qui résistent à la mort », selon F.X. Bichat.

Les jours s'égrenaient et Pierre, toujours intubé afin de recevoir les nutriments alimentaires vitaux essentiels, présentait une affection buccale conséquente, apparentée au « muguet » chez les nourrissons. Les lèvres et les muqueuses regorgeaient de plaques et peaux blanches que l'on soignait avec un produit sous la forme d'un gel. Depuis plus de deux mois, il n'avait pas avalé une goutte d'eau, sa déglutition incorrecte, selon les médecins, ne le lui permettant pas encore. Si Pierre pouvait boire, quel soulagement ce serait pour lui, pensions-nous.

Alors, une nuit, je lui ai glissé secrètement quelques gouttes d'eau sur les lèvres à l'aide d'un compte-gouttes. Il les a sucées. Nous avons reproduit cela quelques fois encore.

Nous sommes ensuite passés à la cuillère à thé, prudemment, presque goutte à goutte. Il les a sucées et avalées correctement. Quelques nuits plus tard, j'ai donné à Pierre un petit Gervais parfumé aux fruits, par quantités infimes. Il a avalé sans ciller. Nous étions maintenant sûrs que Pierre *réagissait* de plus en plus. Une victoire venait d'être signée par ce petit bonhomme.

Le matin, j'ai expliqué à l'infirmière le fruit de nos expériences secrètes et, face à une apparente et compréhensible incrédulité de sa part, j'ai donné la preuve de mes propos en alimentant à nouveau Pierre d'un petit Gervais. Cette fille était folle de joie. Comme nous.

Dans l'heure, le neurochi, averti de la nouvelle, est arrivé chez Pierre, surpris mais heureux lui aussi. D'aucuns diront peut-être que nous avons pris des risques, que nous avons manqué, là, de circonspection. Je ne le crois pas. Les signes que nous envoyait Pierre et que nous étions, je l'ai dit, les seuls à percevoir, nous donnaient une indication sur son retour à une forme de conscience. Il était dans le coma depuis deux mois à ce moment-là et il est évident que nous avons été extrêmement prudents et progressifs pour l'amener à s'alimenter de la sorte. Nous ne sommes pas des kamikazes.

À partir de ce jour, Pierre a pu être nourri d'aliments mixés. L'affection buccale, toujours soignée au gel, a cependant régressé, les muqueuses étant à nouveau stimulées par l'apport d'aliments naturels.

Finalement, Pierre ne recevait plus de soins particuliers. Le pronostic médical pour l'avenir restait sombre : une vie végétative.

Aujourd'hui encore, je me pose la question : « qu'est-ce qu'une vie végétative » ? Le dictionnaire nous donne l'explication suivante : qui se limite à l'entretien des fonctions vitales sans faire intervenir les facultés intellectuelles. J'ajouterai, pour l'avoir souvent entendu d'autre part : c'est un légume. Formule peu élégante pour désigner un être humain qui, en l'occurrence, demandait du temps, implicitement et simplement pour exprimer les sucs de sa cogitation.

Ne manquait plus à ce bouillon de culture que le tri sélectif. Nous y aurons droit. Plus tard.

Végéter, se rabougrir. Ne serait-ce pas plutôt le refus de s'ouvrir au bon sens, de porter un regard positif, confiant sur ceux qui luttent en silence pour recouvrer la dignité, hypothéquée par des comportements capitulards ?

S'il est évident que, parmi les personnes en situation de coma, certaines connaissent des issues fatales, le droit à la vie et la notion de combat pour la *vie* ne doivent jamais être écartés, ignorés. De même, ceci remet en question le débat sur l'euthanasie face à des comas prolongés d'autant plus que la personne concernée n'a pas la capacité de s'exprimer sur son propre devenir, vivre ou mourir.

Nous avons décidé, mon mari et moi, de reprendre Pierre à la maison. La situation de coma, le nourrir, faire sa toilette, changer les couches, le stimuler, le tourner tantôt sur le côté gauche, tantôt sur le côté droit, surveiller les risques d'escarres, nous y étions maintenant rôdés. Le médecin traitant pouvait, lui, surveiller l'évolution de Pierre et nous l'emmènerions pour les consultations en ambulatoire chez le *neurochi* pour les différents examens médicaux de contrôle : EEG, scanners… Les contacts entre mon mari et ce médecin devenaient sinon conflictuels, en tout cas tendus eu égard à leurs différences d'orientation du pronostic. Le dialogue se rompait peu à peu. Mon mari, selon lui, « voguait sur un doux nuage et versait dans l'optimisme béat ». Difficile de *collaborer* quand deux mentalités s'opposent de la sorte et que plus aucun point de rencontre ne les relie, si ce n'est la reconnaissance des qualités professionnelles de ce *neurochi*. Celui-ci saluait notre détermination mais entrevoyait une déconvenue à nos efforts. À son tour, il me dit ne plus pouvoir rien faire pour Pierre, il nous jugeait capables de le reprendre à la maison et d'assurer sa surveillance et les soins quotidiens. À ce moment, je lui ai confirmé que Pierre quitterait l'hôpital dans les 48 heures, le temps pour nous de l'équiper d'un lit médicalisé et d'organiser une chambre au rez-de-chaussée de la maison. Nous souhaitions installer

Pierre dans des conditions optimales pour son confort et le nôtre, proche des lieux de vie et de sa famille. Le départ de Pierre fut donc fixé au surlendemain à 14 heures. Dès cet instant, nous disions et répétions à Pierre que son retour au logis était imminent.

Fais du feu dans la cheminée, je rentre chez nous.

La dernière nuit à l'hôpital, c'est mon mari qui l'a passée auprès de Pierre.

Je suis arrivée à 10 heures, comme convenu, avec les vêtements et tout ce dont avait besoin Pierre pour ce transfert tant attendu. Nous ne nous posions pas de questions. Tout allait bien se passer.

À peine rentrée dans la chambre, mon mari m'a invitée à observer ce qui allait se passer et que je vous conte avec une émotion ardente. Il s'est adressé à Pierre, allongé dans le coma depuis quatre-vingts jours : « Pierre, maman est arrivée avec tes affaires et nous allons rentrer ensemble à la maison. Chez nous. » Il s'est penché vers notre fils qui se redressa légèrement et, comme un automate, fit « claquer » un bisou sur la joue de son père. J'ai senti frissonner mes tripes et me suis avancée vers mon fils : « Pierre, je voudrais, moi aussi, mon bisou ». Il l'a fait.

Ces quelques lignes que je viens d'écrire traduisent un des moments les plus forts, les plus intenses, les plus significatifs que nous ayons eu à vivre avec notre fils. Il s'est agi là de la première contraction « extra » utérine, annonciatrice de LA délivrance.

Pierre était né le 1er décembre 1982 et nous étions ensemble, mon mari et moi, pour le mettre au monde. Nous étions à nouveau tous les deux pour le voir sortir, cette fois, de sa torpeur. Pierre exprimait sa reviviscence à travers ces bisous qu'il nous offrait comme un signe de confiance, d'espérance et d'amour réciproque. Les membres du personnel soignant se sont succédé auprès de lui pour saluer son départ, lui souhaiter chance et courage. L'émotion laissait échapper quelques larmes. Ces femmes sont exceptionnelles, humaines, maternelles, aimantes. Leur dévouement, leur disponibilité, leur sens de l'autre, nonobstant les conditions de travail difficiles au travers desquelles elles évoluent en milieu hospitalier, forcent l'admiration et le respect. Ce sont ces personnes-là qui, par leur calme et leur solidarité, nous ont aidés à ne jamais relâcher le travail entrepris avec Pierre tout au long de ce séjour forcé. Quelques-unes ont poussé le lit de Pierre jusqu'à la porte de sortie de l'hôpital où Charles venait de ranger la voiture pour protéger Pierre de ce crachin automnal et bien belge qui nous éclaboussait. Je me suis assise sur la banquette arrière et Charles m'a déposé Pierre dans les bras comme il l'avait fait près de neuf ans auparavant. J'ai enfin pu serrer mon gamin dans mes bras. Librement. Jusqu'à la maison. Il était juste plus grand, plus lourd, au moins aussi attachant que la première fois dans ce corps à corps libérateur.

En arrivant au village, nous lui commentions tout ce qu'il connaissait : la pharmacie, l'épicerie, la boucherie, tel ou telle que nous apercevions au passage. À ce moment-là, nous nous en tenions aux bisous reçus respectivement à l'hôpital.

Arrivés à la maison, mon mari l'a dégagé de mes bras pour aller le poser sur le lit qui l'attendait dans ce qui avait été notre salon avant ce retour aux sources. Tout était prêt : les posters de ses stars du foot, les petites autos, le sac de billes. Tous ses repères avaient été installés dans son nouveau lieu de vie. Ma maman et une voisine qu'il aimait beaucoup étaient présentes pour l'accueillir. Quand il fut bien installé, nous lui avons demandé qui étaient ces deux personnes. Sans hésiter, il a tenté d'articuler, péniblement et à voix basse : « Mamy et Mme M. ». Ce furent ses premiers mots, il les avait identifiées toutes les deux et avait esquissé un sourire. Notre confiance redoublait, Pierre multipliait les preuves de sa lucidité et sa capacité à refaire surface. Si mon mari était bien conscient du chemin qu'il restait à parcourir, je peux vous confesser ma parfaite ignorance à ce stade-là des opérations de sauvetage mais il est des naïveté et incompétence qui peuvent s'avérer énergisantes.

Ce soir-là, nous nous sommes retrouvés, nos deux filles, mon mari et moi, autour de Pierre en regain de vitalité. Nous étions unis et réunis dans la vie active, à l'écart d'une vie végétative. Les allers-retours à l'hôpital, c'en était fini. Le travail de reviviscence serait long mais nous ne soupçonnions pas encore à quel point il faudrait s'armer de patience, d'énergie, de savoir-faire, de savoir-être surtout, pour ramener Pierre à un potentiel maximal, compte tenu des séquelles invalidantes engendrées par ce traumatisme crânien sévère et ce coma prolongé. Divers ingrédients allaient guider et permettre ce combat contre la fatalité : l'amour inconditionnel intrafamilial, la confiance, l'espoir, la paix intérieure qui s'acquerra au fil du temps grâce à un travail sur soi à long terme mais payant. Le fatalisme, en revanche, ne nous atteindra pas. Succomber au fatalisme, c'est démissionner, renoncer au projet de vie que nous avions échafaudé pour notre fils. C'eut été si facile de nous comporter comme des lâches, de lâcher Pierre, d'éclater notre couple, de tout plaquer. Non, nous ne sommes pas de cette espèce, nous sommes tous parents pour le meilleur et pour le pire. Nous nous attelions au pire depuis trois mois pour reconquérir le meilleur. Le bonheur, çà se mérite et nous sommes les garants du nôtre.

En attendant, il nous fallait reprendre contact avec notre fils. Rapidement, nous avons constaté des modifications comportementales et caractérielles. Le *neurochi* avait prédit des phases de révolte et des phases d'extase dans le meilleur cas où il émergerait du coma. Il avait raison. Pierre recevait des visites des voisins, de la famille, des amis. Il était heureux de les voir, les flattait, souriait ou, au contraire, il les agressait verbalement, grossièrement. Quelquefois, nous avions droit aussi à ces moments d'apaisement et de violence. On a beau y être préparés, de tels comportements sèment la confusion, la peur, les questionnements. Nous ne reconnaissions pas le

Pierre timide, réservé, poli que nous avions vu grandir sans problème particulier. De toute évidence, nous devions aller à la rencontre de notre fils, apprivoiser un enfant dont les repères nous échappaient. Un Pierre nouveau. Un enfant différent. Le canevas n'avait pas changé. Seules, les couleurs des fils qui allaient tisser ce petit bonhomme devraient être choisies dans des nuances subtiles pour l'harmoniser à nouveau.

Pierre était alimenté comme un bébé, des aliments mixés pour prévenir d'éventuels problèmes de déglutition. Il appréciait les repas même s'il était incapable à présent de définir les différents goûts des aliments et boissons. Le traumatisme crânien avait atteint les fonctions gustative et olfactive. Des années furent nécessaires avant qu'il recouvre ces plaisirs. Or il a, pendant de longues années, accordé une importance sans nom aux repas et la quantité ingurgitée. Une façon de se dorloter, de compenser tant de manques au quotidien. Nous étions extrêmement prudents pour tenter de canaliser ces besoins effrénés de nourriture sans le frustrer là encore.

Un orthophoniste (logopède pour les Belges) est entré directement dans le programme de rééducation. Il se rendait à domicile les premiers mois, deux à trois fois par semaine car Pierre était difficilement transportable et ses seuils de fatigabilité et de concentration ne dépassaient pas vingt à trente minutes. Il présentait une aphasie sérieuse mais son orgueil et sa détermination furent ses alliés quant aux rapides progrès obtenus à travers cette thérapie. Il a eu la chance d'avoir affaire à un praticien aguerri à la pathologie dont il souffrait et aux méthodes qui s'y rattachaient. Ensemble, ils ont accompli un travail remarquable six années durant.

La toilette était assurée deux fois par semaine par une infirmière et je m'arrogeais avec plaisir cette tâche les autres jours. L'absence de contrôle de rétention des urines et des selles diurnes et nocturnes fut maîtrisée totalement en une année. Pierre recevait également une rééducation en piscine dans une eau chauffée à 34°, deux fois par semaine chez un kiné spécialisé lui aussi. Il a profité de cette pratique pendant trois ans et il adorait çà.

La séance quotidienne de kiné classique était assurée par mon mari les premiers temps puis par des kinés extérieurs car Pierre rechignait à travailler avec son père. Ce type de rééducation est particulièrement contraignante pour le patient eu égard aux importantes rétractions musculaires, aux attitudes vicieuses des membres, consécutives à une spasticité considérable (contractures musculaires involontaires et douloureuses).

Contrairement aux idées reçues et par ailleurs bien compréhensibles, le fait d'avoir un parent dispensateur de soins et, en l'occurrence le père, familiarisé aux techniques de rééducation post-traumatique, la relation parent-enfant risque de souffrir du mélange des genres. En effet, même si les plus nobles desseins revêtent un caractère curatif, l'enfant qui ressent la douleur occasionnée par les gestes thérapeutiques peut en déduire que ce parent ne l'aime pas ou ne l'aime plus. L'appel à un confrère s'avère indispensable. Le rôle du père ne devait pas s'éloigner du seul registre affectif.

Pierre, bon élève, avantagé d'un niveau intellectuel efficace, avait réussi avec fruits ses trois premières classes primaires mais là, il avait tout oublié d'un seul coup. Je lui chantais les matières apprises et, en six mois, il avait récupéré ses acquis scolaires, les mécanismes de la lecture et le calcul mental. En revanche, la production écrite n'a plus jamais été possible. La spasticité est telle chez Pierre que tous les mouvements fins lui seront définitivement devenus impossibles.

Mes journées étaient rythmées par les soins et les différents besoins de Pierre qui occupait les trois quarts de mon temps. Quand les deux filles rentraient de l'école, je supervisais les devoirs et leçons. Mon mari prestait de longues journées mais nous prenions le temps le soir, après le repas, de nous retrouver autour des enfants, le plus longtemps possible. Pierre recevait des visites de ses anciens petits copains de classe que les parents préparaient à retrouver un

Pierre différent et tellement heureux de les revoir, de prendre la température de la classe de quatrième. Malgré la prudence et les préambules, ces enfants d'une dizaine d'années restaient cois de longues minutes car le visage contrefait de Pierre, son débit lent, sa voix à peine audible déroutaient et déstabilisaient ces petits. Avec les mamans qui les accompagnaient, nous expliquions le pourquoi, le comment sans oublier de leur dire que c'est le même Pierre, le même copain, « simplement » en quête de guérison. Certains ont dû être confrontés pour la première fois à une expérience aussi lourde, une expérience humaine où l'un des leurs s'inscrivait brutalement dans un monde qui leur était inconnu, celui de la différence. Difficile à comprendre, laborieusement acceptable à cet âge quand on a joué au foot dans la cour de l'école avec ce copain et qu'on le retrouve quelques mois plus tard transformé en « étranger », incapable de partager avec eux la friandise que l'on dégustait ensemble dans la cour de récré. Mais ces petits, j'ai admiré leur capacité à rebondir par un comportement digne, légitimement interrogateur certes mais digne. Face à l'inacceptable, ils n'ont pas encore de préjugés à cet âge-là. Ils apprennent la *vie*, la leur et celle des autres, sans négationnisme. Ils constatent et s'intéressent.

Pierre récupérait lentement et son sens de l'humour se ravivait, lui aussi. Deux anecdotes illustrent sa réactivité. L'une pendant une séance d'étirements musculaires avec son père : il bougonnait et mon mari, pour une fois à court d'argument lui dit ; « il faut souffrir pour être beau ». La réponse de Pierre a fusé : « Ben alors, tu n'as guère souffert, toi ». Il ne le pensait nullement, simplement un échange de mots sous le couvert de la boutade. La spontanéité de Pierre, si elle nous a bien fait rire, elle nous rassurait du même coup sur sa légendaire vivacité d'esprit.

Une autre fois, en décembre 1991, soit environ un mois après son retour à la maison, nous l'avions emmené chez le neurochi pour des contrôles et, après l'entretien, le médecin fixait un nouveau rendez-vous tel jour à trois heures et demie. Pierre lui a dit que çà ne l'arrangeait pas : « si vous voulez, je peux venir à 15h30 car à 3h30, c'est la nuit et je dors ». Il l'a dit à voix basse toujours mais avec un petit sourire coquin. Le médecin se régalait de ce genre d'interventions qui montraient que Pierre était dans la vie.

Tout ce qui paraissait anodin parmi les minces mais successifs progrès de Pierre nous emplissait de bonheur. L'investissement affectif et physique que nous consentions à notre enfant se voyait récompensé par des micro événements qui stimulaient notre rage de vaincre car, même dans la nuit, nous n'avons cessé de croire à la lumière.

Allô, Maman, bobo,
J'me r'trouv'avec mal au cœur.
Alain Souchon

On le sait, Pierre occupait une grande place dans la gestion du temps.

Et ses sœurs? Comment vivaient-elles tout çà? Pas bien. Quelquefois même pas bien du tout. Elles aimaient leur frère, elles avaient redouté de le perdre et étaient heureuses qu'il ait résisté de la sorte. Mais que tout çà était dur, tout de même. Elles ne reconnaissaient pas leur frère et, aux questions de savoir comment et jusqu'où il allait pouvoir évoluer, nous n'avions pas de réponse précise à donner puisque nous l'ignorions nous-mêmes.

À cette souffrance s'ajoutaient d'autres doutes: nous les aimions peut-être moins qu'avant au profit de Pierre? Allions-nous retrouver un jour la sérénité, la disponibilité physique et mentale utile à leur équilibre, leur développement? Pierre allait-il encore longtemps cristalliser tant d'attention?

Nous leur parlions beaucoup, nous cherchions vraiment à les rassurer, à les assurer de notre amour identique. Il m'est arrivé très souvent de prolonger les soirées jusqu'à la nuit avancée pour leur dire combien nous les aimions, qu'elles avaient gardé intact dans nos cœurs et mes tripes de mère tout l'amour qu'elles avaient connu depuis qu'elles étaient arrivées dans ma vie.

Les premiers jours qui ont suivi l'accident de Pierre, j'avais une fois prononcé une phrase folle, dictée par la souffrance et les doutes qui m'inondaient: « Si Pierre doit mourir, je ne survivrai pas non plus ». Ces quelques mots lâchés dans une phase de profonde détresse n'avaient pas échappé à ma grande fille. Elle les a reçus comme un désaveu d'amour pour elle et pour sa sœur. Cette phrase « assassine », je la regrette aujourd'hui encore. Magali me l'a souvent reprochée, elle en a souffert longtemps même si nous en avons reparlé ensemble de nombreuses fois. Maman à son tour aujourd'hui, elle a cessé de m'en vouloir et m'a dit son apaisement.

Avec le recul, j'ai essayé de comprendre cette réaction et je pense avoir prononcé cette phrase non parce que Pierre était ma seule raison de vivre mais plutôt en raison de la culpabilité consciente et inconsciente de n'avoir pas pu protéger mon fils. Par essence, une mère se doit de protéger son enfant et je devais être rongée par le sentiment d'avoir failli à mon rôle et ainsi, je ne méritais pas de survivre à son éventuel départ. Pour pouvoir réagir de façon rationnelle, il est utile de dépasser ses propres émotions, panser les plaies à l'âme; je n'étais pas encore dans cette démarche évidemment. Comment expliquer cela à l'enfant de seize ans qui souffre à l'idée de perdre sa mère, son premier lien fondateur, qui est à un âge charnière où les repères changent, les questionnements sur soi et les autres sont légion, l'appui d'un foyer sécurisant est déterminant pour se forger un devenir?

Elle m'a avoué plus tard avoir osé détester occasionnellement son frère qui lui volait sa mère. Je crois pouvoir dire qu'elle a dû me détester aussi, ne fussent-ce que de courts instants. Elle s'est appliquée à l'école et a terminé brillamment les deux dernières années du cycle secondaire. À la proclamation des résultats de *rhéto* (terminale en France), ses yeux brillaient dans les miens car elle me savait heureuse et fière d'elle. Outre le désir de me procurer du bonheur et une trêve dans le combat sans merci que nous menions depuis plus de deux ans, je pense qu'elle a voulu focaliser mon attention sur elle au travers de cette réussite. Ne devait-elle pas me prouver son existence, générer de l'importance à mes yeux de cette façon? Probablement.

Maud, onze ans au moment des faits, de nature introvertie, revendiquait moins que sa sœur mais attendait autant et nous n'y étions pas moins attentifs, au contraire. Nous lui parlions énormément et, sans la forcer à exprimer le mal être qui la taraudait, nous tentions d'extraire de sa réserve des indications susceptibles de nous aider pour la rassurer. Elle a souffert d'agoraphobie et des années furent nécessaires pour qu'elle parvienne à maîtriser cette peur des espaces ouverts et peuplés. Maud restait étanche quand nous l'interrogions adroitement sur la manière de l'aider, les raisons qui avaient amené ces comportements asociaux. Son discours ne variait pas : l'état de son frère la perturbait, la peinait. Nous étions persuadés que cette explication était la seule valable car vingt-six mois seulement séparaient ces deux enfants, très complices par ailleurs. Pierre, très dynamique, créatif, avait toujours su ramener sa sœur à lui pour partager des jeux, des activités, les batailles de coussins, les cumulets sur les lits et que sais-je encore. Maud l'avait toujours suivi. Du jour au lendemain, cette complicité-là s'était brisée, laissant Maud dans un profond désarroi. Elle non plus ne reconnaissait pas son frère qui lui apparaissait subitement à la fois étrange et étranger. Nous saurons plus tard que, dans le même temps, elle aussi vivait un épisode difficile à gérer à l'intérieur d'un problème personnel indépendant de la situation de son frère. Notre vigilance, vis-à-vis de nos filles, restait néanmoins en éveil. Il s'agissait de parler, tenter de donner un sens à l'insensé afin de maintenir en elles un maximum de repères, qu'elles ne s'égarent pas dans le non dit, cet ennemi de l'authenticité.

L'accident de Pierre fut ressenti comme un tremblement de terre dont l'épicentre se loge au cœur de sa vie d'abord, celle de ses sœurs et la nôtre. Pas besoin d'échelle de Richter pour mesurer l'intensité de l'amour qui nous lie à nos enfants.

Nous traçons avec Pierre le chemin de sa nouvelle vie. Dès lors, il guide la nôtre et nous ouvre à la sienne. Sacrée aventure jalonnée de défis toniques et vivifiants.

Pour comprendre l'autre, il ne faut pas se l'annexer
mais devenir son hôte.
L. Massignon

Le maintien de Pierre en position assise se révélait pénible en raison de l'hémiplégie gauche. Néanmoins, nous avons loué rapidement un fauteuil roulant afin de sortir avec lui en promenade « à pied ». Pour éviter qu'il ne s'affale complètement de ce côté, il s'agissait de le sangler et ajouter des coussins. Il parvenait ainsi à se tenir plus ou moins droit pendant une vingtaine de minutes. Les promenades au village, il aimait çà, il redécouvrait son environnement. Il lui arrivait pourtant d'écourter sans délai ces petites sorties que nous voulions salutaires. Au village, tout le monde se connaît et les événements qui ont secoué Pierre sensibilisaient inévitablement tout le monde. Un enfant malmené par la vie ne laisse personne indifférent et la tristesse submerge les gens, initiant des comportements involontairement inadaptés. Pierre identifiait vite les regards, les apartés dont il était l'objet. Sa réaction immédiate était de vouloir rentrer à la maison. Une anecdote à ce propos. Comme souvent, dans les petits villages de Belgique, quelques personnes âgées taillaient une bavette sur le pas de la porte. Dès qu'elles nous voyaient venir, elles se rapprochaient les unes des autres, nous tournaient le dos et baissaient le ton de la voix. Pierre demandait alors à rebrousser chemin, conscient d'être soudain le sujet de leur conversation. Un jour, l'une d'elle est décédée et, en apprenant la nouvelle, il a réagi vivement : « Tant mieux, elle n'aura plus pitié de moi ». J'ai bien sûr gentiment corrigé ces propos mais ce genre de réaction indique à quel point la blessure générée par la pitié peut perturber une personne blessée dans son corps mais aussi dans sa dignité. La pitié n'a jamais sauvé personne. C'est un poison d'une rare toxicité, l'émanation de la peur face à l'inconnu. La personne au centre du séisme se sent réprouvée tel un paria dans une société qui ne le (re)connaît pas, une manière d'être niée dans son identité.

À l'aube d'un travail aux multiples facettes pour la reviviscence, la personne accidentée doit appréhender les séquelles quelquefois lourdes, irréversibles, apprivoiser sa nouvelle apparence physique, apprendre à renoncer à des projets échafaudés plus tôt ou, en tout cas, les modifier et surtout, apprendre à s'aimer tel qu'il est. Le monde dans lequel elle évolue va avoir une importance inouïe.

La peur de l'autre, cet inconnu, s'apparente selon mon ressenti, au mécanisme du racisme qui éloigne les êtres et suscite l'incompréhension réciproque, isole les uns des autres et prive tout le monde, finalement, d'apports humains richement empreints d'amour et d'enseignements.

Le plus sûr moyen de ne pas se tromper est de rester soi-même, de s'exprimer naturellement, sans pathos, sans maternage excessif, tout ce qui aurait pour effet de stigmatiser le handicap. La personne en quête de « régénération » doit acquérir l'audace d'être elle-même, avec ses forces et ses failles. Soyons vrais, nous l'aiderons en ce sens.

« On n'éprouve la honte que si l'on souhaite préserver son amour-propre sous le regard de ceux auxquels on donne le pouvoir de nous rabaisser » (Boris Cyrulnik).

Pierre manifestait le désir de revoir son école, ses copains. La direction et l'instituteur ont marqué leur accord pour qu'il intègre la classe deux fois une heure par semaine. Les élèves qui, pour la plupart, avaient vécu les trois premières années avec Pierre allaient le retrouver différent (tous bien sûr n'étaient pas venus le voir à la maison) et ils y furent préparés. Nous avons fonctionné ainsi 3 mois, de Pâques aux vacances d'été. Pierre était heureux et les enfants s'habituaient.

À l'approche de la rentrée scolaire de septembre, nous avons renouvelé la demande de Pierre à poursuivre l'expérience quelques temps.

Le directeur nous a reçus en l'absence de Pierre, heureusement. Il nous a expliqué brièvement que l'état de Pierre ne le permettait pas, qu'il était à présent inapte à suivre un cursus normal. Avec l'orthophoniste qui nous accompagnait, nous avons tenté de définir l'objectif lié à notre requête, à savoir, répondre au désir de Pierre de reprendre contact avec la société active dans un contexte connu, auprès de personnes avec qui il avait jadis tissé des liens. Que ce serait transitoire. C'est un non inconditionnel qui nous a été opposé, sans autre forme de procès. C'est avec une déception profonde et une immense tristesse que nous avons pris congé du bon-homme. Ah oui, un détail. Alors que nous suivions le couloir qui mène à la sortie, il nous a interpellés à nouveau car il avait omis de nous charger d'un message : « Bien le bonjour à Pierre ». À ces mots, l'envie folle de le gifler m'a envahie un instant. J'ai plutôt succombé aux larmes alors qu'il rentrait dans son bureau. Pour mieux comprendre, je voudrais signaler que le premier contact que nous ayons eu avec cet homme après l'accident, c'est lorsqu'il a téléphoné chez nous pour réclamer un certificat médical justifiant l'absence de Pierre qui vivait, à ce moment-là, depuis deux mois en situation de coma. Il avait profité de l'occasion pour prendre des nouvelles…

Quand on est encore cadenassé par l'emprise de la souffrance, ce genre d'attitude ajoute à la détresse. Aujourd'hui, si je n'en souris pas, j'en conclus tout de même que cet exemple illustre simplement une tendance généralisée à une espèce d'élitisme en tous genres, à une époque où *paraître* ne rime manifestement pas toujours avec *être.* Il était clair pour nous que les séquelles de Pierre n'auguraient pas la poursuite d'une scolarité ordinaire mais nous étions bêtement naïfs de croire que l'école fût un endroit de socialisation, d'apprentissage à la tolérance, d'ouverture à l'autre quel qu'il soit ou qu'il soit devenu. Certaines d'entre elles pratiquent ces notions d'humanité mais nous étions confrontés à l'élitisme où seuls comptent les résultats chiffrés, quantifiés qui confirment une réputation acquise depuis belle lurette. La matière, le programme, les bons points, telle semble être la règle. L'école étant un lieu de vie intense et communautaire, il est regrettable de constater que le sacrosaint programme laisse si peu de place à l'apprentissage humain.

Si le rôle des parents est essentiel pour apprivoiser la peur des enfants à la dissemblance, il s'agit qu'ils soient eux-mêmes affranchis de cette peur. Il ne suffit pas de dire aux enfants, comme je l'ai si souvent entendu, qu'il faut faire très attention sur la route sous peine de se retrouver à vie en fauteuil roulant, comme Pierre, et d'être ainsi privé définitivement de la liberté de vivre normalement. Vivre normalement. Késako ? Quand on interroge, la plupart répondent que c'est se déplacer librement, aller où l'on veut, quand on veut, faire du sport, travailler, se marier, avoir des enfants. Le schéma classique qui fait rêver et dont rêve tout le monde. C'est souvent face au handicap que les gens reprennent conscience de leur chance… et l'oublient très vite. N'empêche que le constat, s'il était accompagné de civisme, il démystifierait cette peur de la différence. Il est possible de vivre hors de ce schéma, en se donnant les moyens de s'épanouir et continuer d'aimer la vie.

Nous étions, Pierre et moi, dans la salle d'attente du pédiatre. Une maman est entrée avec ses deux petites filles d'environ cinq et sept ans. À la vue de Pierre, elles se sont blotties dans les bras de leur mère qui les a serrées contre elles pour tarir la peur qu'elles éprouvaient visiblement, ne quittant pas Pierre des yeux, comme sur la défensive. Je n'ai pas réagi mais Pierre, qui avait traduit justement le réflexe des petites, a tenté de les rassurer par ces mots : « N'ayez pas peur, j'ai eu un accident. À part çà, je suis normal ». Puis, le silence est revenu. Il avait onze ans, parlait enfin à haute voix, avec un débit correct.

C'est l'institutrice d'une classe de 5e et 6e primaires qui a accepté, sans tergiverser, d'intégrer Pierre dans sa classe. Une école de petite taille dans un village proche du nôtre. Elle nous a rencontrés avec Pierre afin de bien le cerner et définir les buts poursuivis au sein de sa scolarité. La première année, Pierre assistait aux cours deux heures le matin et les matinées complètes les deux années suivantes. Il était heureux dans ce groupe. L'enseignante avait tout compris et adhéré à la formule proposée : recadrer Pierre à l'intérieur d'une structure sociale avec des gens de son âge, lui permettre d'exprimer son potentiel et sensibiliser la classe aux richesses à extraire et à développer de cette expérience. C'était un investissement humain digne d'une personne désintéressée par quelque notoriété, animée seulement par la foi en Pierre, la confiance en son groupe et le fervent désir d'accomplir sa tâche dans le respect de l'autre. Madame Danielle n'a pas relevé un défi, elle a accueilli Pierre sans se poser la question du résultat quantifiable. Elle fut l'hôtesse de Pierre pendant trois ans et, inversement, elle a accepté l'invitation de Pierre à visiter son univers, le comprendre, le partager. Les élèves, qu'elle a préparés et emmenés dans l'aventure, n'ont paniqué à aucun moment, se sont adaptés rapidement à cette situation méconnue. Au lieu de se focaliser sur les carences et l'apparence de leur copain, ils l'ont traité comme les autres, en restant attentifs aux limites de Pierre, en saluant ses performances en orthographe et calcul mental, sachant que Pierre ne bénéficiait déjà plus de l'appui écrit. L'entraide fonctionnait. La mémoire de Pierre, sérieusement déficiente, ne lui permettait plus d'assimiler les matières mais il soutenait l'attention autant que possible et manifestait un intérêt certain. L'institutrice atteignait ses objectifs en termes de programme, tout le monde semblait content, la présence de Pierre était perçue comme une chance plutôt qu'une charge. Tout cela, une seule personne l'avait souhaité, l'avait organisé et mis en place les moyens nécessaires à ce succès : l'absence d'a priori, la préparation des élèves, l'accueil de Pierre et l'absence de conditions restrictives mis à part l'horaire allégé de fréquentation scolaire qu'imposaient les paramètres relatifs à la fatigabilité et la concentration de Pierre. N'étant pas tétanisée par la peur du handicap, elle a pu aborder sa troupe sereinement et objectivement. Il est à noter qu'elle a mené cette action contre l'avis de sa direction.

L'espoir n'est point leurre.
Se leurrer, c'est renoncer à l'espoir.

Les rétractions musculaires, consécutives à la spasticité, ont provoqué progressivement des déformations osseuses localisées essentiellement au niveau des membres inférieurs avec une prédominance au niveau des pieds qui se positionnaient en varus équin (les pieds se tournent vers l'intérieur et s'orientent vers le bas). Une intervention chirurgicale s'avère nécessaire et le choix de celle-ci est déterminant parmi deux cas de figure existants. Les chirurgiens orthopédistes qui ont examiné Pierre en Belgique préconisaient une simple, voire une triple arthrodèse (blocage des articulations des pieds). L'arthrodèse risque de ralentir la circulation sanguine et pourrait favoriser la formation d'œdèmes. Mon mari souhaitait éviter cet écueil. À ce moment-là, Pierre avait quatorze ans. Nous nous sommes dès lors tournés vers un hôpital américain, le John's Hopkins Hospital à Baltimore où le chirurgien a également écarté cette solution. Il a effectué des remodelages osseux au pied droit afin de recouvrer un alignement anatomique correct à ce niveau. Il a également pratiqué des allongements musculaires aux cuisses et aux jambes pour libérer les tensions à ces endroits. Le but de ces gestes thérapeutiques était de réduire le flexum (repli des genoux vers le bassin) des hanches et des membres inférieurs. L'objectif global de ces chirurgies était d'offrir à Pierre un certain confort et un meilleur ancrage au sol en station verticale.

Pierre a ensuite bénéficié de dix semaines de rééducation intensive dans un centre spécialisé (le Kennedy Institute) avant de rentrer en Belgique où l'aventure post opératoire s'est poursuivie avec son papa à raison de deux séances quotidiennes. Cette kinésithérapie consiste en des étirements musculo-ligamentaires, par ailleurs douloureux (stretching). L'hémiplégie gauche invalidante, associée au traumatisme crânien sévère, desservent l'équilibre suffisant pour pouvoir évoluer seul. Par conséquent, l'aide humaine s'impose pour pallier les déficits engendrés par la pathologie. La nuit, Pierre devait également porter des attelles articulées aux genoux mais il n'a pas supporté ces appareillages contraignants et éprouvants. La rééducation qui, au fil du temps et pour des raisons affectives, a été confiée à des kinés extérieurs, a pu se prolonger deux années encore jusqu'au refus de Pierre de se soumettre à cette thérapie douloureuse. Il renonça définitivement au déplacement moyennant des adjuvants orthopédiques lourds eu égard à son autonomie locomotrice antérieure à l'accident et solidement gravée dans son schéma corporel.

Néanmoins, grâce au travail accompli, il a pu évoluer un temps sur un tricycle adapté. La jambe droite entraînait la jambe gauche, l'actionnement du pédalier étant ainsi assuré. Cette étape fut très intéressante car Pierre, au cours de sa petite ballade, rencontrait des voisins, leur parlait et s'en trouvait valorisé. Pour assurer sa sécurité et une vigilance accrue quant à sa faiblesse de concentration, il était toujours accompagné de son papa à ces occasions-là.

Le vif souhait de chacun de le voir à nouveau se déplacer debout n'aura pas abouti. A posteriori, on a le droit de se poser la question de savoir si la priorité pour Pierre était de retrouver à ce moment-là une forme d'indépendance locomotrice. N'avons-nous pas pensé à sa place au risque (inconscient) de ne pas le laisser cheminer à son aise et le laisser exprimer ses besoins ? Ce qui est sûr, c'est que nous avons toujours cherché à l'aider au mieux, sans lésiner sur les moyens. Il en est bien conscient et ne nous a jamais fait de reproches quels qu'ils soient. Cela dit, je n'ai jamais regretté d'être allée au bout de cette démarche que nous pensions salutaire et qui le fut à plus d'un titre.

L'aventure américaine a nécessité de réunir des fonds importants et, pour réaliser ce projet, nous avons créé une ASBL (association sans but lucratif) avec l'aide de volontaires motivés par cette tentative de « remise en marche » de Pierre. Pendant quelques mois, les membres de cette association, dont nous étions, ont œuvré corps et âme pour récolter les sommes nécessaires via une multitude d'actions. Nous avons vécu là des moments exceptionnels à travers une solidarité massive inoubliable où chaque intervenant et chaque donateur ciblaient cet espoir fou de venir en aide à un gamin qu'ils connaissaient... ou pas. Ce genre d'action, toujours accueillie avec ferveur et démultiplication d'énergies nous rappelle que l'homme est fondamentalement bon et généreux et que la cruauté trop souvent présente dans le monde, dictée par des idéaux diaboliques et anarchiques, ne prendra jamais l'ascendant sur ce qui anime l'homme de cœur : l'altruisme, l'amour de son prochain.

La récolte de fonds s'est imposée dans le sens où la mutuelle belge a refusé de prendre en charge tout ou partie des frais occasionnés par les différents soins aux USA. Le refus a été motivé selon les termes suivants, ici fidèlement retranscrits : « Il ne s'agit pas d'un cas digne d'intérêt ». C'est le genre de propos que l'on reçoit comme un uppercut bien placé et que j'ai relus plusieurs fois pour m'assurer que je ne rêvais pas. J'ai réagi immédiatement en demandant à ces médecins décideurs ronds de cuir de m'expliquer ce qui les autorise à juger ainsi du désintérêt que présente un enfant. Les différents pontes à qui j'avais adressé ce courrier empreint de tristesse et de colère, m'ont répondu qu'ils comprenaient ma révolte mais que les termes de la loi sont ceux-là, que l'administration est telle, que des efforts doivent encore être consentis pour l'humaniser. C'est peu de le dire !

À Baltimore, le séjour de trois mois, partagé entre l'hôpital et les salles de rééducation, m'a confortée dans l'idée que le système de soins hospitaliers en Europe possède bien peu de moyens qui permettent d'offrir un service bienveillant aux patients et leurs proches. Quatre-vingt-dix jours d'une expérience intense ne peuvent être relatés en quelques lignes. Je m'en tiendrai ici à l'essentiel, ce qui m'a le plus impressionnée.

Pour l'installation de mon fils en salle d'opération, il m'a été proposé de l'y accompagner, ce que j'ai accepté bien volontiers et qui a apaisé Pierre. J'ai reçu la panoplie de vêtements, bonnet, masque et chaussons stériles que j'ai enfilés avant d'aller poser mon gamin sur la table d'opération. Après avoir reçu les différentes explications concernant l'usage du matériel qui l'entourait puis que l'anesthésie eut fait son œuvre, je l'ai embrassé dans son sommeil avant de me retirer dans un local adjacent à cette salle et réservé aux familles qui le désirent, en attente d'informations régulières sur l'évolution de l'intervention.

L'opération de Pierre a duré six heures pendant lesquelles le chirurgien m'a contactée à deux reprises afin de me rassurer sur la progression de l'opération et son bon déroulement. L'anesthésiste est également venu me voir une fois pour m'apaiser et me rassurer, lui aussi.

Finalement, le chirurgien est venu me chercher pour que je l'accompagne auprès de Pierre en salle de réveil. Ce dernier m'a accueillie avec le sourire et une note d'humour et le chirurgien m'a expliqué les différents gestes posés et les raisons qui les avaient motivés. Puis un fax a été adressé à mon mari, en Belgique, par les services hospitaliers, à vingt et une heures, pour le rassurer lui aussi. Pierre a passé dix-huit jours à l'hôpital avec moi. Chaque jour, le chirurgien venait le voir, m'informait de la bonne évolution de son état et me demandait invariablement : « Quelles sont vos questions » ? Les premières fois, j'étais surprise qu'un médecin m'octroie un droit de participation en m'invitant de la sorte à m'immiscer dans ce domaine qui m'était auparavant apparu comme exclusivement réservé au cercle fermé de ceux qui détiennent le pouvoir et le savoir. Face à mes questions timidement balbutiées, il m'a invitée à m'affranchir de mes apparentes hésitations. J'avais le droit à l'information, disait-il, et le devoir des praticiens est de considérer les proches du malade comme des partenaires et, ainsi, de les informer clairement. Là, je me suis dit que je basculais dans un autre monde et j'en étais ravie. C'est sûr, mes questions, je les posais maintenant sans crainte et j'obtenais les réponses.

Parmi les différents points importants constatés au sein de l'hôpital, j'en citerai un autre : l'organisation du service infirmier. À chaque changement de garde, de jour comme de nuit, l'infirmier(e) vient se présenter dans la chambre du patient afin d'annoncer son nom et le fait que c'est lui ou elle qu'il s'agit d'appeler en cas de besoin. Chacun(e) a un nombre limité de patients sous sa garde mais on est très loin de ce que j'ai constaté en Belgique, soit deux infirmiers la nuit et à peine plus en journée. Lorsqu'on actionne la sonnette, il suffit de signaler à l'infirmière, par le biais du haut-parleur individuel, quel est l'objet de l'appel, ce qui lui permet d'ajuster son intervention rapidement et efficacement. Les allées et venues inutiles s'en trouvent ainsi allégées, le service diligent et adapté. Cette pratique semble se développer en Europe mais les moyens techniques et la densité du personnel soignant mériteraient encore un effort considérable pour atteindre une qualité de soins et une liberté d'action moins oppressante tant pour le soignant que pour le soigné. Chaque semaine également était programmée une réunion à laquelle j'étais conviée autour de tous les intervenants médicaux et paramédicaux en charge du cas de Pierre pour faire le point.

Dès la sortie de l'hôpital, Pierre et moi avons réintégré le logement à la Ronald Mac Donald House qui héberge les familles dont les enfants sont suivis dans les hôpitaux environnants. Le prix de journée de l'époque (1997-1998), très démocratique, était fixé à dix dollars par famille. Tout est prévu pour que les usagers vivent en autonomie et avec le confort maximum : petit et gros électroménager en double, voire en triple exemplaire à chaque étage, bref tout ce dont a besoin une ménagère, comme à la maison. Chaque famille fait ses courses la journée, la nuit quelquefois dans les fameux « Giants » ouverts 24/24 heurs et se déplace le plus souvent en taxi, peu onéreux lui aussi. Aux USA, on prend le taxi comme on prend l'autobus chez nous. Le soir, chacun(e) cuisine sa popote et les salles à manger permettent de se restaurer en bon voisinage. Ces moments de communauté s'avèrent extrêmement importants car les échanges verbaux vont bon train et tout le monde prend des nouvelles des enfants de « la maison ». Les moindres progrès du jour, réalisés par l'un ou l'autre enfant fait éclater la joie de tous. Les liens noués sont si forts que chaque départ définitif d'une famille est ressenti par les autres comme un déchirement. Les échanges spontanés d'adresses et numéros de téléphone promettent de poursuivre les sympathies nées de l'expérience commune et de l'intérêt porté par tous à l'enfant de l'autre. Nous voguons ensemble, plus ou moins longtemps, sur le bateau de l'espoir et, même si les différentes langues parlées en même temps sont une barrière pour certains, le langage du cœur est universel et chacun y trouve son compte finalement. Les promesses d'un suivi épistolaire et téléphonique ne sont pas vaines. En effet, j'ai gardé longtemps des contacts avec certaines familles au point de recevoir chez nous, en Belgique, une maman du Wisconsin, accompagnée d'une copine, pendant quinze jours.

Les Américains sont un peuple très chaleureux et liant, ils m'ont laissé un excellent souvenir de notre passage sous leur bannière.

Il est évident que les soins ne sont pas accessibles à tous là-bas, que la situation économique actuelle est lamentable comme en Europe et que les initiatives plus ou moins bonnes, prises par les dirigeants de ce gigantesque pays, ne font pas l'unanimité. C'est çà aussi, l'Amérique : le meilleur et le pire se côtoient quelquefois sans transition.

La longue période de rééducation qui a suivi l'hospitalisation de Pierre n'a pas été une cure de repos. Le véhicule adapté nous emmenait à 7 h 30 et la journée de travail de Pierre commençait à 8 heures. Il bénéficiait essentiellement des séances de kiné mais également l'orthophonie et l'ergothérapie combinées aux activités scolaires. Pierre évoluait donc parmi les autres patients dans un même programme. Il est à souligner que les médecins, les paramédicaux et les patients parlaient exclusivement l'anglais et que la présence permanente d'un interprète était nécessaire pour permettre à Pierre de comprendre les consignes et avoir des échanges avec tous. Ce rôle de traducteur, j'ai pu le jouer souvent lorsque la personne désignée à cet effet n'était pas libre. L'immersion poussée à ce point et la motivation d'offrir à mon fils le maximum de possibilités pour mener à bien cette expérience étaient telles que je n'ai pas hésité à rompre cette barrière linguistique en me lançant à mémoire béante dans la pratique de cette belle langue que je n'avais pas exercée depuis la fin de mes études secondaires. Ce fut un réel plaisir et un challenge supplémentaire.

Le rythme quotidien était franchement fatigant mais nous vivions une belle histoire à défaut d'un conte de fée. Et l'histoire, comme toujours, nous la vivions à cinq. L'Océan Atlantique nous séparait mais chaque jour qui passait, nous étions reliés par la magie du téléphone et quelques minutes suffisaient à réactiver les énergies de chaque côté de cet interminable abîme.

Mon mari et nos deux filles sont venus nous rejoindre dix jours au bout de deux mois et ces retrouvailles furent un bain de jouvence inespéré. Outre la joie de se réapproprier physiquement leur frère et leur mère, les filles ont pu apprécier le gigantisme en tous genres de ce pays hors normes et le choc des cultures a opéré à l'âge où tant de choses sont à découvrir.

Le verbe avoir a besoin d'être
Parce qu'être, c'est exister
Le verbe être a besoin d'avoirs
Pour enrichir ses bons côtés.
Yves Duteil

Pierre a poursuivi sa scolarité, toujours dans un esprit d'intégration sociale, jusqu'à dix-huit ans dans l'enseignement secondaire. Ses condisciples l'ont généralement bien accepté et les professeurs ont, pour la plupart, rassemblé les efforts nécessaires pour offrir à Pierre l'opportunité d'exprimer ses acquis et son désir d'apprendre. S'il faut bien reconnaître que les établissements scolaires sont rarement aménagés pour accueillir des personnes en fauteuil roulant, les enseignants pas préparés à travailler avec ce genre d'élèves et les moyens mis à leur disposition inexistants, certains s'en accommodent en aiguisant leur créativité. D'autres, plus frileux, se heurtent aux carences telles que l'absence de rendement écrit, la mémoire défaillante et ainsi l'incapacité pour l'élève à assimiler les matières enseignées et l'impossibilité pour l'enseignant à quantifier les acquis.

I have a dream. Ces quatre petits mots furent prononcés par Martin Luther King, un artisan de la paix et du rassemblement qui a lutté, au péril de sa vie, pour l'intégration des Noirs dans la société américaine. La différence a toujours suscité la peur, voire le rejet et nous sommes cependant tous capables de l'apprivoiser, cette différence, quelle qu'elle soit.

Je rêve, moi aussi, d'une école qui instruise, certes, mais pas seulement. Qu'elle soit avant tout l'école de La Vie, de la convivialité, des échanges, de la connaissance de soi et de l'autre, de l'ouverture du cœur sur le monde, de la tolérance surtout, afin que chaque individu y trouve sa place avec ce qui le caractérise. Cela en complémentarité de l'éducation assurée par les familles dont le rôle me paraît si important. La vraie richesse, c'est la diversité, c'est l'autre et le message qu'il véhicule. Laissons-le s'exprimer, se livrer tel qu'il est. Nos enfants grandissent dans une société qui a un besoin criant d'humanité. L'école, aujourd'hui, est souvent en échec : absentéisme, violence, apprentissages gâchés, parents dépassés, enseignants insécurisés, aux abois. On a l'impression que chacun évolue dans son coin face à l'incompréhension générale. Notre société de consommation, impudiquement axée sur les biens matériels, le confort et la course contre le temps gagnerait à se poser un moment et à s'interroger sur les raisons qui motivent ce marathon incessant et finalement improductif.

Faut-il donc AVOIR toujours davantage pour exister alors qu'ÊTRE est à la portée de tous et ne requiert que l'estime de soi et de l'autre pour enfin se réaliser.

« Dans nos sociétés contemporaines, on passe plus de temps à enseigner aux enfants comment produire et consommer des biens matériels qu'à les encourager à se connaître eux-mêmes, à connaître les autres et à connaître l'esprit du monde. Voir à travers les montagnes et à travers le cœur des hommes n'est plus vraiment une priorité » (Th. Janssen).

Après l'accident de Pierre, il m'a été donné d'encaisser quelques fois la phrase qui « tue » : « Dans l'état où il est, il aurait mieux valu qu'il parte ». Comme si, vivant ou mort, il n'était de toute façon plus rien, une quantité négligeable et surtout, inutile. Ces différents lance-roquettes étaient tous parents eux-mêmes. Plutôt que céder moi-même à la violence qui me torturait, j'arrêtais là la conversation et je prenais congé de ces gens enténébrés par la morosité d'une vie bâtie sur des principes de perfection apparente et de confort social.

N'empêche. L'attachement maternel est un lien unique, n'ajoutons pas la souffrance à la souffrance. Le respect n'est pas négociable.

Dès que l'on ne colle pas ou plus aux normes établies, aux clichés de la normalité, aux diktats de l'apparence physique, on émarge rapidement au ban d'une société conditionnée, d'une intolérance telle que la mort semble, au regard de certains, une solution magique pour résoudre définitivement le problème. Le tri sélectif. Une sorte d'épuration naturelle en somme.

Si je n'oublierai probablement pas ces paroles mortifiantes à l'égard de mon fils, je suis certaine en tout cas que ceux qui tiennent de tels propos souffrent également d'une pathologie encombrante : la représentation de la vie et la communication à autrui. Il en est parmi ceux-là qui fréquentent assidûment la messe du dimanche matin. Les mêmes qui se posent en moralisateurs quand d'autres font des choix qui ne correspondent pas aux leurs. Sur quelles bases ces gens-là fondent-ils leur foi pour être ce qu'ils appellent de bons chrétiens ? Comprendra qui pourra.

La rumeur m'est revenue souvent aux oreilles sur les circonstances de l'accident qui malheureusement n'avait pas eu de témoins, sur les différents pronostics d'avenir de Pierre et j'en passe. L'imagination est fertile quelquefois. La rumeur, la « rue meurt ». Michel Audiard, ce génie du scénario au cinéma, traduisait la rumeur par, je cite : « Le supposé de l'indicatif ». Jolie métaphore, colorée d'humour et de vérité. Le fait divers, alternative à l'ennui de ceux qui ne peuvent donner de consistance à leur vie. On peut se demander qui souffre le plus de sa condition d'accidenté de la route pour l'un ou de tourmenté de la vie, pour l'autre.

Que chacun trouve la paix intérieure et la confiance en soi en donnant un sens à sa vie est certes mon plus sincère souhait.

Handicapé. Un mot que Pierre n'a pu entendre longtemps sans corriger par le terme « accidenté ». La nuance était capitale à ses yeux. Nombre d'entre nous sommes concernés par le handicap : port de lunettes, d'appareil auditif, etc...., des différences que le regard stigmatise moins car moins invalidantes peut-être et, en tout cas, moins spectaculaires. Le fait aussi de désigner des personnes infirmes par ce qui est devenu une expression : « les handicapés » est dommageable à l'image qu'on leur renvoie d'eux-mêmes et la mésestime suscitée par ces mots. Cela peut paraître anodin au quidam qui ne cultive aucune intention de faire mal on s'en doute, mais réduire de la sorte des personnes à leur état semble une façon de nier l'être humain qui se loge derrière le handicap. Il serait plus humain de parler de personnes handicapées, qui englobe leur unité. C'est simple, çà ferait plaisir à Pierre et à bien d'autres, j'en suis sûre.

On nous veut avec les stigmates des grandes écoles,
je le veux avec les stigmates de la vie.
Savoir s'il est agrégé en soleil.
Virgile

La scolarité de Pierre s'est arrêtée définitivement à dix-huit ans. Il a fréquenté différents établissements d'enseignement ordinaire susceptibles de l'accueillir.

Il vit également, depuis un moment, une phase sensible dans le développement humain : l'éveil sentimental et la sexualité. Nous nous étions préparés à affronter avec lui cette étape qui allait s'avérer difficile, sillonnée de remises en question, de doutes et de renoncements à assimiler. Ses sœurs vont réaliser, à leur tour leur vie de femme et de mère. Il ne s'en réjouit pas car ce miroir lui renvoie une image de lui qu'il perçoit négativement.

Aux différentes séquelles de l'accident s'ajoute la plus douloureuse d'entre elles, l'éventualité de ne pouvoir créer un foyer et devenir père. Certes, il aime ses neveux et nièces mais il éprouve des difficultés à le leur montrer. Il va mettre plusieurs années à « digérer » ce manque de nourriture affective. Il nous en parle très souvent, heureusement, et nous tentons de lui expliquer que d'autres pistes que celles du couple et de la paternité permettent aux femmes et aux hommes de s'accomplir. Il cite alors en exemple quelques-uns de nos amis, restés célibataires, sans enfant et il se dit que, comme eux, il donnera probablement un sens à sa vie par d'autres biais que ceux échafaudés dans son cœur et dans sa tête. Ce cheminement vers l'apaisement fut long et se poursuit probablement mais il fut ponctué de phases de réelle détresse affective. Pierre a mûri ainsi, avec différents renoncements mais dans l'espoir de se créer de bonnes raisons d'accéder à l'équilibre et à une forme de bonheur indispensable pour se réaliser en temps qu'homme.

Depuis un temps certain, nous pensions que, les années défilant, Pierre allait vouloir découvrir des horizons nouveaux, hors du giron familial et que ce serait pour lui le moyen de s'épanouir en construisant sa personnalité dans un univers qui lui soit dédié. Nous nous devions de l'aider à passer de l'état de chrysalide à celui de papillon. La mère (sur)protectrice que j'étais allait devoir se bousculer pour rompre, à terme, le cordon ombilical qu'elle avait soigneusement entretenu avec son fils. Pierre m'a remarquablement aidée en ce sens en exprimant de plus en plus précisément son désir d'évasion.

Nous avons cherché pour lui des activités adaptées à son handicap et souhaitions qu'il y participe seul, sans notre accompagnement, les déplacements pouvant être assurés par le service de véhicules ad hoc, prévus à cet effet dans notre ville. Compte tenu du seul membre supérieur droit valide, les activités proposées à Pierre n'étaient pas légion et il m'était demandé de l'accompagner pour pallier le manque de personnes susceptibles de lui venir en aide. Nous l'avons fait quelques fois mais cette solution ne remplissait nullement le rôle escompté, à savoir que Pierre s'échappe quelques heures du contexte familial et des jupons de sa mère qui, elle, aspirait à profiter de ces courts moments pour souffler quelque peu.

Mais, dans la tête de Pierre, l'idée de vivre une autre vie se précisait et il s'en expliquait très clairement. Il voulait des copains, des copines, des gens de son âge entre autres, celles et ceux qui vivent les mêmes questionnements, les mêmes manques, les mêmes espérances de lendemains. Il était las, disait-il, de vivre à notre rythme, de ne recevoir en visites que nos amis, trop vieux pour lui (sic), sa famille, etc....

Le message était clair, Pierre voulait « faire sa vie » simplement et il nous chargeait explicitement de l'aider dans cette quête de devenir.

Nous allions donc passer le relais… !! Mon mari se sentait prêt. Moi aussi (quoique !). À condition que la structure qui l'accueillerait soit compétente, sérieuse et réponde strictement aux besoins de Pierre, à ses carences physiques et morales. J'avais besoin de garanties à cet égard et pas des moindres. Passer le relais, faire confiance à d'autres, inconnus qui ignorent tout de Pierre, ses réactions, ses habitudes, sa timidité. Que d'idées me traversaient l'esprit. Allait-il réellement trouver du bonheur là où il allait devoir tout apprendre de la vie communautaire, s'adresser à des étrangers pour accéder à la chaise percée, etc. Il était clair pour moi que la vie de Pierre allait basculer dans un autre monde et j'étais persuadée cependant qu'à terme, il en extrairait le meilleur. Pendant qu'il se réjouissait de ce bouleversement, je me posais secrètement mille questions car cette séparation, je la redoutais. Et pour cause ! Il avait été si longtemps au centre de mes (pré)occupations.

Nous avons alors exploré les possibilités d'accueil sur le territoire francophone belge, aidés en cela par une assistante sociale qui, comme nous, se déplaçait personnellement dans les institutions en mesure de convenir à la situation de Pierre. Il existe en Wallonie deux maisons (selon nos recherches de l'époque) spécialisées pour les personnes cerébrolésées et traumatisées crâniennes en particulier. L'une dans l'agglomération bruxelloise qui comptait trente résidents en accueil de jour, donc pas d'internat. L'autre maison, peu éloignée de notre ville, assurait l'hébergement mais ne pouvait accéder à nos attentes car l'accident de Pierre était, selon leurs critères, trop ancien. D'autres maisons ont refusé Pierre car elles ne travaillaient qu'avec des personnes handicapées de naissance et c'est finalement Pierre et nous-mêmes qui renoncions à l'une ou l'autre maison en raison de leur vétusté ou la tristesse des locaux. Pendant ce temps-là, Pierre déprimait et désespérait au point d'éveiller des idées suicidaires.

En janvier 2005, à l'issue d'une ultime visite infructueuse à Bruxelles, pierre était franchement affaibli moralement.

Pendant le trajet de retour, je m'interrogeais secrètement : » Où est la solution? Comment orienter nos recherches? ». Une idée m'est venue et j'ai décidé d'en parler immédiatement à mon mari et à Pierre. Cette idée, c'était d'investiguer sur un pays francophone quelle que soit sa position géographique et d'y exiler si une réponse sûre et efficace était donnée à Pierre quant à la réalisation de son projet. Rentrés chez nous, Pierre nous a dit: « Qu'allons-nous faire? Que vais-je devenir? ». Dès cet instant, j'ai voulu le rassurer en expliquant « ma » solution imaginée en chemin. D'emblée, lui et son papa ont jugé l'idée intéressante et très vite, nous nous tournions vers la France. Dans le quart d'heure, je prenais contact avec un hôpital marseillais dont je possédais depuis longtemps les coordonnées pour avoir suivi, à la télévision, un reportage sur leur façon de travailler avec des personnes en situation de coma prolongé. Le médecin-rééducateur m'a orientée vers l'AFTC (association des familles de traumatisés crâniens, à Paris) qui devait pouvoir nous aider dans nos recherches. Ces personnes m'ont effectivement écoutée et m'ont adressé une liste non exhaustive des maisons françaises qui semblaient répondre aux besoins de notre fils. Dès réception, nous avons entamé un parcours téléphonique du combattant en appelant les responsables de ces institutions, ce qui permettait de sérier celles qui auraient pu, à priori, mieux convenir. L'une d'entre elle retenait notre attention en Haute Garonne et mon mari a convenu d'une visite de quatre jours sur place fin juin. Il s'y rendait seul pour simplifier les déplacements là-bas. De retour à la maison, il nous annonçait que Pierre pouvait être admis dans cette structure et que lui-même avait reçu un engagement de six mois comme kiné. Il était bien entendu que nous suivions Pierre dans l'aventure. Nos filles avaient été mises au fait de notre décision dès le début et avaient reçu le message avec le courage, la maturité et l'amour qui leur étaient coutumiers.

Dès lors, mon mari démissionnait du poste qu'il occupait depuis trente ans dans une institution namuroise et nous mettions en vente notre maison. Plus aucun doute n'était permis, Pierre allait suivre le chemin qu'il espérait et une vie nouvelle se préparait pour tous de chaque côté de la frontière franco-belge. Il avait été convenu avec Pierre qu'il fréquenterait l'accueil de jour quelques temps avant de passer à l'hébergement la semaine et les retours en famille le week-end. À Toulouse, un agrément pour l'accueil de jour était attendu prochainement par l'institution. Une période transitoire sous le régime d'externat nous paraissait moins agressive qu'une séparation immédiate vers l'internat après toutes ces années passées ensemble.

C'est fin août que mon mari est déjà parti seul pour Toulouse, définitivement, dans sa voiture chargée ras bord car il prenant ses fonctions le 1er septembre. Pierre et moi attendions en Belgique que la maison soit vendue avant d'aller le rejoindre. La maison a été vendue en avril 2007 au moment où nous apprenions le retard que subirait l'ouverture de l'accueil de jour dans la future maison de Pierre. Dare-dare, nous avons réorienté nos recherches vers un autre établissement et c'est finalement à Montpellier que Pierre pouvait être reçu en accueil de jour dans un premier temps, selon le projet mis en place. Mon mari passait du Sud Ouest au Sud Est en un temps record et recueillait une nouvelle fois un contrat de travail en même temps que l'adhésion pour l'accueil de Pierre. La chance lui souriait sur le plan professionnel, c'était déjà çà.

Fin juin, il louait une maison dans la banlieue montpelliéraine, quelques jours avant de nous récupérer, Pierre et moi à l'aéroport de Carcassonne. Nous venions de vivre dix mois d'un marathon éprouvant certes mais au nom de l'espoir, ce qui dissipait largement les fatigues. Séparations et retrouvailles en l'espace de quelques heures, c'est un programme où se mêlent la tristesse et la joie, ce sont des moments d'intense émotion où le doute n'est plus permis. Il faut y aller, chacun doit suivre sa route et chacun y arrivera, c'est sûr. Les distances géographiques ne représentent pas un souci majeur puisque la distance entre les cœurs n'existe pas. Tel est le credo pour chacun de nous, parents et enfants.

C'est en avril 2008 que Pierre a pu intégrer, deux jours par semaine le Foyer d'Accueil Médicalisé à Montpellier car les démarches administratives diverses et longues à traiter devaient absolument être entérinées afin que Pierre obtienne tous ses droits sur le sol français. Patience et opiniâtreté furent les qualités essentielles pour circuler dans les artères dédaléennes d'un système administratif à priori complexe puisqu'il nous était parfaitement inconnu. L'usage verbal des nombreux acronymes dans ce système ne simplifie pas la tâche, croyez-moi. Les contacts humains avec les employés de ces organismes sont teintés d'une réelle gentillesse et compréhension, heureusement mais il faut néanmoins « s'accrocher » pour ne pas s'égarer dans cette machine à paperasses. La vigilance fut payante.

Pierre a fréquenté cet externat pendant deux ans et il se sentait prêt à affronter sa nouvelle vie hors du foyer parental. Depuis mai, 2010, il a quitté Montpellier et il évolue favorablement dans une Maison d'Accueil Spécialisée située dans les Hauts Cantons de l'Hérault à sept cents mètres d'altitude. Il est entouré là-haut de la « Forêt des Écrivains Combattants », – un nom qui invite à la poésie – où la température est plus fraîche qu'en plaine, ce qui est avantageux dans cette région très chaude en été. Du personnel médical, paramédical, des animateurs veillent à couvrir tous les besoins de chaque résident. Des activités sont organisées au quotidien au sein de l'établissement mais ce qui a surtout porté notre choix sur cette structure, c'est le fait que les usagers sont tournés vers l'extérieur à travers des escapades très régulières. Accompagnés évidemment, il leur est proposé d'assister à des concerts, des ballades à la plage, pique-niques en forêt l'été, cinéma, restaurant, achats courants au supermarché… Pierre adore çà et en redemande. Leur situation géographique, à l'écart de la mouvance urbaine n'a pas échappé à la direction qui prône les sorties pour préserver un contact maximal avec la vraie vie, celle de Monsieur Toutlemonde. Pierre s'inscrit sans détour dans cette vie communautaire qui lui a permis d'acquérir une évidente sérénité que nous constatons lors des retours en week-end. Nous entretenons, avec les responsables et les travailleurs sociaux des rapports de franc partenariat, ce qui représente pour Pierre une chance supplémentaire dans la mesure où des ajustements relatifs à la prise en charge et des remises en question des attitudes à tenir par nous ou par le personnel peuvent être opérés sans tarder de manière à servir au mieux son maintien sous des auspices fondateurs.

Quant à moi, je suis pleinement rassurée mais le départ de Pierre fut extrêmement pesant. J'ai longtemps cherché mes marques, ne sachant que faire de tout ce temps et cette liberté d'action dont je disposais subitement. Pendant presque vingt ans, nous avons vécu en symbiose, Pierre et moi, c'était finalement comme si des liens de dépendance réciproque s'étaient tissés entre nous au fil du temps. Après son départ, j'ai ressenti longtemps un manque énorme. J'avais l'impression d'être amputée de quelque chose, d'un membre qui m'empêchait d'évoluer à ma guise, moi aussi, comme si j'avais fait mien le problème de Pierre. J'ai encore bien en mémoire les premiers repas en tête-à-tête avec mon mari, les deux couverts au lieu de trois qui laissaient une place affreusement vide. Pour moi, les repas avaient perdu de leur sens et de leur saveur. Un paradoxe puisque j'éprouvais le besoin de réinventer mon couple en l'absence de Pierre. Une preuve que, si Pierre allait devoir apprendre à vivre sans nous avec de nouveaux repères, j'allais moi aussi apprendre à vivre sans lui avec de nouveaux repères. Je me trouvais, là aussi, dans la même situation que lui à chercher une stabilité susceptible de vivre en accord la piste choisie qu'est l'autonomie pour chacun. C'est impressionnant ce qu'on peut induire à travers l'affectif.

DEUXIÈME PARTIE
LA RÉSILIENCE

J'aurais pu arrêter ici l'écriture de ce livre qui aurait pris l'allure d'un fait divers.

Les faits divers ne servent qu'à alimenter notre curiosité et semer la mélancolie dans les chaumières. Les médias nous inondent quotidiennement de ce genre d'informations, rarement réjouissantes d'ailleurs, qui nous émeuvent immanquablement et nous révoltent le plus souvent. Puis, la vie reprend son cours et nous passons à autre chose, sans avoir eu le temps de réfléchir en profondeur aux événements.

Si je l'avais écrit quinze ans plus tôt, le lecteur aurait eu droit à une déferlante de révolte qui m'animait à l'époque. Elle apparaît dans le récit qui précède et certains de mes propos ont pu choquer certains. J'ai eu soin de traduire le plus justement possible les émotions, le ressenti qui m'ont envahie dans ces moments pénibles. Par souci d'authenticité, je ne pouvais ni ne voulais édulcorer ce que, parfois, j'ai reçu comme des agressions. J'ai cependant modéré certains propos, ce que j'étais incapable de faire pendant des années. Aujourd'hui, même si je garde un tempérament réactif, le long cheminement réalisé ensuite m'a vraiment éclairée sur la souffrance que je m'imposais en réagissant de la sorte. Aujourd'hui, j'accueille les événements avec davantage du recul qui me manquait à l'époque. J'ai appris à gérer ma fougue consécutive, probablement, à des souffrances antérieures à l'accident et qui ont aiguisé mon caractère. La révolte, je pense qu'elle sommeille en chacun de nous et nous tentons de la gérer avec plus ou moins de succès. C'est ce que nous avons essayé de faire au fil du temps : transcender ce qui nous est apparu profondément injuste en une explosion de vie. Le triomphe face à l'absurde, l'irrationnel.

« Dans les cas où il paraît impossible d'influencer le cours des événements, le fait d'apporter une interprétation au chaos le rend compréhensible, plus acceptable. Trouver une raison à l'insensé crée un espoir. L'espoir de découvrir un chemin pour sortir du tourment où, lorsque cela se révèle utopique, l'espoir que l'épreuve endurée ne sera pas veine, qu'elle servira à quelque chose ou à quelqu'un » (Thierry Janssen, psychothérapeute).

Notre existence est l'addition des journées
qui s'appellent toutes aujourd'hui.
Une seule s'appelle demain, celle que nous ne connaîtrons pas.
Armand Salacrou

Notre quotidien était celui de la plupart des familles avant ce fameux 28 août 1991.

Le travail, la réfection de la maison, les factures à honorer, les devoirs et leçons des enfants à surveiller, les carnets de notes, les activités parascolaires et notre statut de chauffeurs de car avec les plus jeunes afin d'assurer leur sécurité, etc. Beaucoup de parents se reconnaissent dans cette énumération non exhaustive des différentes tâches réalisées et au centre desquelles figurent essentiellement nos enfants. Le rythme est soutenu, les buts que l'on s'est assignés sont autant de défis à relever. On veut le meilleur pour tout le monde en partant du principe que le meilleur, c'est la réussite. Un bien joli mot qui englobe des notions de succès scolaire, professionnel, financier. Autant dire que nous glissons dans un engrenage infernal qui nous laisse peu ou pas de temps pour vivre, pour respirer, pour se parler, s'intéresser véritablement les uns aux autres.

Si on nous demandait après quoi nous courons toujours si vite, je ne suis pas sûre qu'on prendrait même le temps d'appuyer sur la touche PAUSE pour répondre… qu'on veut atteindre la reconnaissance pour nous et une vie meilleure encore pour nos têtes blondes.

L'accident de Pierre et ses conséquences nous ont tourneboulés. Nos repères, notre trajectoire, nos émotions, tout semblait s'enliser au fil des jours, des semaines, des mois. Quantité de choses nous échappaient, nous évoluions dans un monde inconnu qu'il allait falloir appréhender, apprivoiser sur un mode à définir au fil du temps. Et du temps, nous en manquions un peu pour parvenir à tout gérer, sans relâcher l'attention sur nos filles qui, elles aussi nécessitaient qu'on les rassure sur leur frère, bien sûr, mais aussi sur la place qu'elles tenaient dans nos cœurs.

Nous n'étions plus dans l'engrenage de la réussite, quelle qu'elle soit. Non. Nous étions subitement dans le tourbillon de la vie, la vraie. Celle qui, aujourd'hui et demain, nous guidera vers la sagesse et nous ouvrira aux valeurs simples, fédératrices et créatrices de forces vives pour mener le combat contre la fatalité et impulser à chacun de nous le souffle indispensable pour réussir dans la vie plutôt que réussir sa vie.

Trois années ont passé, quatre peut-être, avant que je puisse parler de Pierre sans chevrotements dans la voix. La révolte qui m'avait investie s'éteignait progressivement. Je prenais conscience de son improductivité et m'appliquais à m'en séparer car elle puisait en moi de l'énergie négative. Le tonus, la vigueur, la lucidité étaient des atouts précieux en cette phase de réhabilitation de Pierre.

Deux ans après l'accident, j'ai éprouvé un besoin impérieux de m'aérer l'esprit, de voir des gens, recharger les batteries en somme, en sortant du quotidien bien programmé. J'ai alors imaginé qu'un job de nuit me permettrait de me reposer le matin pendant que Pierre serait à l'école jusqu'onze heures trente, et redevenir disponible l'après-midi pour mes tâches habituelles. Et c'est au casino que j'ai pu être engagée avec une qualification au nom pompeux de « Dame de cour »… pour désigner Madame Pipi. Je lui attribue sciemment une majuscule car ce Pipi mérite bien ce rehaussement graphique dans un endroit où le blé coule à flots… Noblesse oblige !! Et des trônes, j'en ai astiqués à tour de bras. La journée commence à 14 heures avec l'ouverture de la salle de jeux jusqu'à 4, 5, voire 6 heures du matin, un jour sur trois. En attendant le retour de mon mari à la maison, Pierre était gardé par une personne compétente.

De cette expérience, j'ai tiré une richesse inouïe, non pas sur le plan financier mais sur le plan humain. Le casino est un endroit privilégié pour croiser toutes sortes d'émotions : la joie (rarement), l'euphorie (plus rare encore), la déception, l'espoir de « se refaire » selon les termes du joueur, l'impatience, la colère, la peur, le désespoir. Et les toilettes, c'est l'endroit de repli quand tout va mal au jeu. Un véritable confessionnal où l'on vient confier sa peine d'avoir joué son salaire, la colère d'avoir parié sur la table et perdu le pécule qui aurait permis d'emmener la famille en vacances, le désespoir d'avoir tout perdu tout simplement, la peur d'affronter l'épouse, le mari et de devoir avouer l'erreur ou l'horreur, ou mentir.

Certains viennent proposer la vente d'un bijou, puis d'un autre pour pouvoir continuer à jouer dans l'espoir de récupérer même un peu. Certains pleurent, attendent du réconfort, s'en veulent vraiment, se promettent de lâcher prise avec cette drogue qu'est l'emprise du jeu sur eux. C'est fini, on ne les y reprendra plus, ils s'en font la promesse… puis craquent très vite. Les toilettes, c'est dans cet endroit où l'on ne fait que passer en principe, qu'ils viennent verser leurs larmes et déverser leurs troubles, leur désarroi, leur agitation, leur abattement. Je ne sais si j'ai une tête qui invite à la confidence ou si je dégage une émanation de confiance mais j'écoutais ces personnes en détresse, fragilisées par ce besoin incompressible de jouer, de risquer, d'en vouloir plus, toujours plus et je m'efforçais de trouver les mots qui, sur le moment, pouvaient les apaiser. C'est un monde à part dans lequel j'ai appris énormément sur les attentes de ceux qui pensent que l'argent représente le passe-partout idéal pour exister et pour certains l'espoir simplement et naïvement d'améliorer le quotidien, sur les dégâts innommables occasionnés par cette dépendance au jeu. J'ai pu également y rencontrer des personnes le plus souvent respectueuses, d'autres non moins respectueuses qui saluaient mon courage de faire ce type de travail mais contrairement à ce qu'elles pensaient, j'étais heureuse d'approcher un milieu qui m'était jusqu'alors inconnu et dans lequel je percevais un marasme ambiant dont les acteurs ne sortiraient qu'au prix d'une réflexion profonde et d'un réajustement des valeurs. Ceux qui, par leur attitude, snobaient mon travail, m'intéressaient tout autant. Souvent, je pensais à Pierre, à nous et je me disais que nos chances de retrouver l'équilibre et la sérénité, à travers le combat que nous poursuivions ensemble, étaient certainement plus vives que les leurs. J'ai décidé d'arrêter après dix-huit mois, physiquement très fatiguée, psychologiquement requinquée et humainement enrichie. Comme dirait l'autre, il n'y a pas de sot métier. Là où naissent les rapports humains, là où le cœur s'ouvre à l'autre, le bonheur est au rendez-vous, y compris dans un endroit aussi improbable que les toilettes d'un casino.

Plus tard, les sœurs de Pierre ont quitté la maison et vivaient leur vie dans leur foyer avec leurs conjoints et enfants. Nos petits-enfants amenaient chez nous leurs rires, leurs cris, leurs joies et notre statut de papy et mamy épinglait avec fierté ces nouveaux galons de la postérité mais nous n'étions pas disponibles comme j'en avais rêvé. Les filles nous sollicitaient avec une réelle circonspection et les occasions de tromper le temps avec les petits à l'occasion d'une sortie privilégiée étaient rares car nous avions soin de ne pas céder à la dépendance vis-à-vis de quiconque pour faire garder notre fils en notre éventuelle absence. Or, Pierre nécessite et nécessitera toujours un accompagnement permanent.

Mon mari travaillait de longues journées et, pendant ce temps, notre maison subissait d'importants travaux d'aménagement et d'agrandissement afin de la rendre fonctionnelle à Pierre. Je tentais, en l'absence de Charles, de mener tout cela de front et j'y parvenais grâce à une organisation affûtée.

Toutes ces années durant, mon mari et moi avons mis entre parenthèses différents pans de notre vie de couple : sorties à deux, théâtre, restaurant, visites… Quand l'un s'absentait, l'autre gardait Pierre à la maison et, si une démarche requérait notre présence simultanée, c'est le plus souvent, une de nos filles qui venait près de Pierre.

Quand c'était possible, Pierre nous accompagnait et nous acceptions volontiers une invitation avec lui. Quand c'était possible... !! Nous avions vite compris que l'acceptation était subordonnée à une condition : l'accessibilité. Plus clairement, la largeur d'ouverture des portes, le nombre de marches éventuelles à franchir, l'existence d'un ascenseur de taille L, voire XL dans le cas d'un appartement. Autant d'indications nécessaires avant de se réjouir d'une sortie avec une personne en fauteuil roulant et complètement dépendante de ce moyen de déambulation. La taille et le poids de Pierre défiaient à présent les biscoteaux de ceux prêts à tout mettre en œuvre pour offrir un moment d'évasion et de convivialité aux moins chanceux et Pierre en a été souvent l'heureux bénéficiaire.

Toujours, j'ai organisé ma vie autour de nos enfants mais notre fils, par la force des événements, a occupé beaucoup de place. Pour éviter les tensions intrafamiliales qui pouvaient surgir en raison de notre mode vie, nous avons inlassablement donné priorité au dialogue qui réunissait immanquablement tous les maillons de la chaîne que nous formions.

On le sait, Pierre avait formulé son désir de prendre du recul vis-à-vis du noyau familial. Cette volonté, il l'avait exprimée avec une clarté et une lucidité déconcertantes. En même temps, l'ennui s'installait en lui et il faut bien avouer que nous avions déployé tous les orteils de l'éventail pour l'occuper et le stimuler à travers ses différents centres d'intérêt mais il était clair que nous ne suffisions plus à son éclosion et son rayonnement intérieur.

Pierre, on le sentait, voulait harmoniser sa vie, suivre une trajectoire de son choix et nous l'aimions assez pour lui lâcher la main, non sans garanties que son nouvel environnement réponde efficacement aux différents paramètres liés à sa pathologie. Certains nous diront exigeants mais c'est plutôt la rigueur qui nous caractérise davantage. Au moment où Pierre revendiquait légitimement le droit à l'envol, je ressentais, moi aussi, le besoin de mettre de l'ordre dans ma vie. Coïncidence ? Pas sûr. Je pensais sincèrement que mon fils était prêt pour réussir et cela a dû m'inciter à penser à moi, à me reprendre en mains.

J'aime beaucoup la métaphore utilisée par Pierre Lassus (psychanalyste) pour traduire notre rôle de parents : « les parents sont l'arc, les enfants sont la flèche projetée vers l'avenir ». Nous avions patiemment bandé l'arc, nous étions prêts à lâcher la corde émancipatrice. Nos filles, qui tissaient les brins de la vie avec leur foyer et leurs enfants, attendaient notre départ vers la France avec confiance dans nos avenirs respectifs même si la séparation générait de la tristesse à tous. Jamais cependant nous n'avons eu le sentiment d'abandonner qui que ce soit. Notre objectif avait toujours été de donner à nos enfants des racines et des ailes. Le rôle de mère, je l'avais choisi, je l'avais joué sans réserve, il me collait à la peau. J'éprouvais à présent un besoin impérieux d'aller à la rencontre d'une femme et d'une épouse que j'avais perdues de vue depuis longtemps. Je les avais anesthésiées pour être mère quasi exclusivement depuis le crash. Il était temps de les réveiller, les interroger sur leurs aspirations toutes neuves. Qu'étaient-elles devenues ? Vers qui, vers quoi allaient-elles se diriger ? Les réponses ne se firent pas attendre. L'installation définitive de Pierre à l'hébergement a coïncidé, à cinq mois près, avec la retraite de mon mari et la perspective de retrouvailles au quotidien tel un cadeau de la nouvelle vie qui se profilait. Nous allions pouvoir nous adonner à nos pôles d'intérêt communs et distincts.

Nous vivons dans un département aux multiples facettes : le cordon méditerranéen tant convoité et les hauts cantons aux reliefs montagneux, les sites aux maisons troglodytiques merveilleusement conservés, une météo exceptionnelle surtout pour nous, Belges, grands utilisateurs de parapluies, convertis ici en parasols. Quel bonheur de sillonner ensemble ces lieux magiques, de s'offrir de tels moments de complicité autour d'un pique nique, un bon livre entre les mains, sous la fraîcheur de la garrigue qui nous entoure, le chant envoûtant des cigales, et le décor des vignes, ces dames aux chapeaux verts qui portent la vie d'un breuvage cher à nos tables depuis la nuit des temps. Si nous ne fréquentons pas (encore) les salles de spectacles dont je fus assidue, nous prenons à nouveau le temps de visionner des pièces de théâtre, de chant lyrique que j'affectionne depuis l'enfance et la musique en général qui tient à nouveau une place importante dans nos moments de flânerie. Tous ces instants privilégiés que nous partageons à deux, nous les accueillons comme une grâce et nous les dégustons comme un enfant croque une pomme d'amour dont les saveurs sucrées titillent les papilles gustatives. Nous goûtons avec gourmandise à cette proximité physique et cet apaisement recouvré. Hier est passé, demain sera peut-être, aujourd'hui est une journée à saisir et à explorer. Notre devise : *Carpe Diem*.

Puisqu'on ne peut changer la direction du vent,
il faut apprendre à orienter les voiles.
James Dean

PARTIR. Un petit mot aux significations diverses selon le ressenti qu'il inspire aux uns et aux autres. Partir, pour nous, c'était tout le contraire de fuguer, de fuir un passé encombrant ou encore d'échapper à qui ou à quoi que ce soit.

Partir, c'était offrir à Pierre la possibilité de s'investir personnellement dans la réalisation de soi, d'éveiller les sensations susceptibles de faire vibrer son paysage vital.

S'éloigner ne signifie pas oublier, lâcher ceux que l'on aime et qui restent. Nous avons eu droit à des réflexions du genre : « Vous abandonnez vos filles ? Et la maison, vous la vendez, avez-vous suffisamment réfléchi ? Des institutions existent ici pour les handicapés. Pourquoi partir si loin ? etc. ». J'ai envie de répondre simplement que nous n'avons pas à nous justifier. Une explication me paraît cependant intéressante.

Comment vivions-nous cette perspective d'avenir pour tous ? Quelles étaient nos priorités dans la vie ? Ces questions-là, nous nous les étions posées depuis longtemps. Chaque membre du noyau familial avait été envisagé et chacun(e) aussi posait un avis favorable à ce projet en acceptant de nouveaux repères à construire. Ensemble. La technologie moderne à travers internet, le téléphone, permet fort heureusement de garder au plus proches ceux que la distance sépare. Nous sommes donc en contacts permanents avec nos enfants et petits-enfants. Ces contacts sont tellement plus riches depuis notre exil dans le sens où chacun prend le temps pour parler à l'autre en allant à l'essentiel. Nous nous parlons davantage que lorsque nos enfants passaient en vitesse à la maison, partagés entre les horaires professionnels, les horaires scolaires de leurs enfants, la corvée des courses, la préparation des repas et que sais-je encore. Elles s'activaient à visiter le frigidaire, l'armoire à friandises (ah oui, les gâteaux chez papa-maman ont meilleur goût que chez soi !), échanger vite les nouvelles, reprendre un enfant malade ou en congé scolaire. Bref, la bien connue course contre la montre qui nécrose aujourd'hui la qualité des rapports humains.

Partir n'équivaut pas à laisser derrière soi les problèmes. Pierre les a emmenés dans ses bagages et nous aussi. Partir, c'était lui offrir l'opportunité de se construire là où nous pensions que c'était possible. Partir, c'est l'occasion de prendre du recul, à l'instar d'une retraite, une mise au vert pour se réajuster, se recadrer. Ce fut le cas et l'expérience fonctionne formidablement.

Nos filles, en Belgique ont, elles aussi profité de cette distance pour se recentrer sur elles-mêmes. L'une, très indépendante, et moi sommes devenues très proches depuis que nous sommes loin et nous en sommes très heureuses. Je refuse la notion de copinage avec mes enfants mais il est clair que nous sommes à présent, toutes les deux, dans une relation adulte, de confiance et de réelle proximité, de tendresse même. Sa sœur, qui entretenait avec moi une relation très (trop) fusionnelle a trouvé la force de s'épanouir comme je ne l'imaginais pas. Elle s'est bousculée, a été capable de prendre des décisions difficiles et de les mener à terme sans mon appui et s'en est ainsi valorisée. En m'éloignant, j'ai fait à ma fille le plus beau des cadeaux, celui de grandir, de s'affirmer en temps qu'adulte responsable. Les ailes se déroulaient. Mission accomplie pour elle comme pour nous.

Ne pas s'appesantir sur des questions-freins que sont les souvenirs, la famille, la maison procure une liberté de donner à sa vie une orientation nouvelle, bénéfique à tous.

Depuis que Pierre élabore sa vie à l'extérieur, mon mari et moi remontons en Belgique deux fois par an. C'est à chaque fois un événement, une fête, du premier au dernier jour car nous vivons ensemble et intensément ces retrouvailles avec enchantement et vivacité. Notre premier retour, en 2010, avait mis nos filles en émoi et pour cause. C'était la première fois en vingt ans qu'elles recevaient chez elles leurs deux parents réunis et libres des impératifs liés à la situation de Pierre. Comment oublier que Maud nous attendait à la fenêtre de son appartement avec ses enfants et que tous se sont précipités dehors pour nous accueillir en apercevant une plaque d'immatriculation française dans la file de voitures à l'approche de son habitation? Que du bonheur! Ces moments d'émotion traduisent la joie immense de profiter de cette proximité comme jamais nous ne l'aurions fait en vivant aux confins les uns des autres.

Le retour au pays, c'est aussi se régaler de la spontanéité, l'esprit de convivialité, la chaleur de l'accueil et le sens de la fête qui caractérisent le peuple belge et que même la pluie ou le froid n'empêchent pas. E. Macias avait raison quand il chantait: « Les gens du Nord ont dans le cœur le soleil qu'ils n'ont pas dehors ».

Et, saveur suprême au cœur d'une tradition: le cornet de frites-mayonnaise-cervelas arrosés d'une bonne bière, sans quoi le séjour serait incomplet. S'il se trouve qu'un pote fait justement la queue à la baraque à frites, il y a fort à parier qu'une deuxième, voire une troisième bière seront nécessaires pendant qu'on s'en raconte une bien bonne… sur les Français pendant que ceux-ci, de l'autre côté, nous en préparent d'autres sur nos frites et qu'ils les nous serviront au retour. C'est de bonne guerre.

Bien sûr, nos filles, gendres et petits-enfants descendent également en vacances chez nous, l'occasion de nous retrouver tous, Pierre y compris autour de la table de la maison familiale qu'il suffisait de « déplacer » d'un pays à l'autre pour perpétuer la ferveur de la cellule que nous avions toujours préservée.

Jamais le sentiment d'abandon n'a effleuré les cœurs chez nous. J'en ai eu pour preuve, si besoin était, la lettre que m'a remise chacune de nos filles le jour où Pierre et moi avons définitivement quitté la Belgique. Des messages empreints d'un tel amour, d'une telle reconnaissance, d'un tel enthousiasme qu'ils valent bien mieux que des discours. Nous ne nous étions donc pas trompés, nous avions offert à nos aînées beaucoup d'amour, des racines et des ailes. Pierre, déjà bien ancré dans ses racines, allait lui aussi bientôt pouvoir déployer ses ailes en même temps que son potentiel à évoluer dans la société, à faire sa vie, comme il disait.

Quitter la maison, écrin de souvenirs. Au fil des visites d'acquéreurs potentiels, je me sentais dépossédée de cette maison. Cette enveloppe de briques et de blocs avait toujours représenté pour nous le seul sens d'abri, indispensable à l'intimité de chacun, à la sécurité affective du groupe familial. Nous étions si peu concernés par son apparence que les murs extérieurs, aux couleurs sérieusement délavées par le temps n'avaient jamais été repeints pendant les vingt-cinq années que nous l'avons occupée. Elle allait être vendue et il allait suffire de s'installer dans un autre abri, se façonner un nouveau nid. En revanche, l'abri contenait des souvenirs intransportables : les enfants y avaient grandi, chaque dalle de carrelage me rappelait soudain des pas de Pierre. Pour ces raisons, tourner la clé pour la dernière fois fut un instant douloureux. Mais mieux vaut choisir sa vie plutôt que la subir et ma force de caractère l'emporte vite sur le pathos. Nous avions décidé de prendre, pour Pierre, une autre direction… il fallait y aller. C'est exactement ce que nous faisions, Pierre et moi, dans le véhicule qui nous emmenait vers l'aéroport. Dans l'avion, il était fou de joie, il m'entourait de son bras valide, me répétait, avec ses mots, son espoir de se révéler à lui. Il exultait à l'idée de retrouver son papa, qu'il n'avait revu que trois fois en dix mois et avec qui il avait toujours entretenu des rapports de formidable connivence et d'indéfectible confiance.

Notre faculté d'adaptation nous a permis de nous intégrer rapidement à cette région, aux habitudes de vie bien différentes de celles du Nord. Oh, la vie, c'est comme les fleurs, elle pousse partout si on prend soin d'elle, si on l'aime assez pour dynamiser sa croissance.

Je me sens bien partout où je me pose. Approcher d'autres cultures, d'autres formes de vie, c'est simple quand on aime les gens, c'est intéressant et surtout, nourrissant. Si une quelconque raison devait nous conduire sous d'autres latitudes, c'est sûr, nous serions à nouveau prêts. Partant du principe que rien n'est définitif, de nouveaux défis stimuleraient l'adrénaline que l'âge ni les bobos y afférant ne parviendraient à freiner.

Le banquier, par ailleurs très sympathique et chaleureux, ne déroule pas le tapis rouge sous nos pieds car il sait comment nous concevons la vie et que nous ne risquons pas de tomber sous le joug de la dépendance à l'argent. Plutôt que l'attachement aux choses, nous avons toujours préféré l'attachement aux gens qui nous procure un vrai bonheur. Les bienfaits des rapports humains ne se calculent pas en nombre, ils enrichissent la qualité de vie et accroissent les bénéfices de l'investissement. L'amour, seule richesse des pauvres, nécessite la sublimation de ceux qui le sèment pour être récolté. Il est une valeur sûre car il n'est pas monnayable. L'argent n'est rien, il se gangrène en spéculations. Les valeurs matérielles appauvrissent l'âme de ceux qui en sont les victimes. S'émanciper des valeurs matérielles, c'est conquérir la liberté d'exister par soi-même, sans pression sociale ni contrainte oppressante.

À peine âgé de six ans, rappelons-nous, Pierre s'était fixé un but professionnel, le football. Un rêve d'enfant, sans plus. Quelle chance, il avait eu le temps de rêver. Nous avions plutôt fondé l'espoir qu'il réussisse des études qui le mènent à la réussite sociale. Le bonheur, c'était çà, nous semblait-il. Comme un droit qui se revendique. Jamais, nous n'avions envisagé un instant le fracas qui allait nous remettre d'aplomb. Remettre d'aplomb. Les mots ne sont pas trop forts car, c'est quoi finalement la réussite sociale? Les événements nous ont enseigné une formule différente mais tellement plus juste: réussir sa vie dans la société, y trouver sa place, imposer ses différences, respecter et se faire respecter.

« On vit dans la mesure où l'on veut vivre. On veut vivre dans la mesure où l'on donne un avenir à la vie. On donne un avenir à la vie dans la mesure où l'on répond positivement à cette question : Veux-tu vivre ou pas ? Une chose est de mourir. Une autre est de vouloir mourir » (M. De Hennezel et B. Vergeley).

Pierre, depuis cet accident, n'est plus le même ni un autre.

Ni un autre, dans le sens où son caractère, sa rage de vaincre, ses capacités d'acclimatation au monde qui l'entoure et son éternel souci de justice et de justesse l'habitent indifféremment du passé. Sa mémoire rétrograde (celle d'avant l'accident) est intacte et particulièrement précise.

Ni le même, compte tenu des séquelles importantes : usage exclusif du fauteuil roulant et dépendance pour la plupart des actes de la vie quotidienne. La lourde carence de la mémoire antérograde (mémoire à court terme). En effet, Pierre oublie très rapidement ce qui se passe, ce qui se dit autour de lui. Cela peut paraître une séquelle parmi les plus invalidantes mais Pierre, cependant bien conscient de cette faille, ne s'en plaint pas. C'est nous qui projetons sur lui un problème qui est le nôtre car nous sommes conditionnés par une mémoire à laquelle nous n'accordons aucune brèche, que nous encombrons d'une série d'informations inutiles, voire polluantes. Combien de fois nous plaignons-nous : « Ah, cette mémoire, elle me lâche, c'est agaçant ». Pierre ne s'embarrasse pas de ces considérations, il vit le moment présent, il assume sa situation, sans passivité ni résignation. Nous avons des leçons à prendre de ces gens moins favorisés par le sort mais moins geignards.

Le mensonge consisterait à masquer la profonde tristesse et l'ébranlement ressentis les premières années, on tombe de haut, on se demande où, quand et comment on va atterrir. On craint le fracas qui ne nous épargnera qu'au prix d'une maîtrise adéquate et une lucidité apaisée dans la manière d'orienter les voiles d'un parachute malmené par des vents contraires. Les forces vives qui sommeillent en nous se mettent en marche. Si nous le voulons ! Nous l'avons voulu. Peu à peu, le vol chaotique s'est stabilisé, nous offrant un panorama susceptible d'éveiller les sens à l'exploration d'un terrain fertile.

Boris Cyrulnik, neuropsychiatre et auteur de plusieurs ouvrages sur le mécanisme de la résilience nous le définit ainsi : « quand le mot résilience est né en physique, il désignait l'aptitude d'un corps à résister à un choc. Mais il attribuait trop d'importance à la matière. Quand il est passé dans les sciences sociales, il a signifié la capacité à vivre, à se développer positivement, de manière socialement acceptable, en dépit du stress ou d'une adversité qui comportent normalement le risque grave d'une issue négative. La résilience, c'est plus que résister, c'est apprendre à vivre ».

G. Fischer (cité par B Cyrulnik) traduit à son tour avec justesse ce processus de résilience : « toute situation extrême en tant que processus de destruction de la vie, renferme paradoxalement un potentiel de vie précisément là où la vie s'est brisée. Le ressort invisible permet de rebondir dans l'épreuve en faisant de l'obstacle un tremplin, de la fragilité une richesse, des impossibilités un ensemble de possibles ».

Les sœurs de Pierre ont mis à profit cette expérience pour développer les véritables valeurs humaines, élever leurs enfants dans le respect, la générosité du cœur, l'apprentissage de l'effort constant, l'ouverture au dialogue, à l'échange. Comme dans une course-relais, le témoin passe de main en main, la foulée prend corps, la ligne d'arrivée, encore lointaine, sera franchie quand leurs petits, devenus grands, se réaliseront à leur tour sur ce canevas patiemment brodé à l'aide d'un fil d'Ariane souplement maintenu et finement orienté.

Pierre a grandi dans son corps, dans sa tête aussi. Je ne sais s'il a accepté les conséquences et les contraintes liées à l'accident mais je suis sûre que le temps, la réflexion et l'appui familial l'ont aidé à réagir, à s'adapter et à s'accorder le droit d'évoluer dans un monde quelquefois inélégant mais le plus souvent rustique, heureusement. Il s'est accommodé de sa situation nouvelle grâce à un cheminement intérieur, une sagesse qui mènent à la sérénité.

Nous ne sommes pas égaux face au bonheur mais nous possédons tous les aptitudes pour accéder à une forme de bonheur, un apaisement salvateur, énergisant et générateur d'espoir. Animé d'un humour subtil, réactif, Pierre peut désamorcer des tensions personnelles et pratiquer l'autodérision.

Ce catalyseur d'énergie positive qu'est l'humour, nous le cultivons naturellement dans la famille. Il modère les souffrances, libère les tensions. Sympathique, il est rassembleur et fait vivre le rire. Il procure de la légèreté dans les instants de doutes. Pierre Desproges, ce génie de l'humour ne disait-il pas, à propos de la maladie qui l'emporta : « Plus cancéreux que moi, tu meurs ». Une belle façon de ne pas se donner en pitié, de faire vivre la vie, de défier l'arrogance de la mort.

Quand un grain de sable pénètre dans une huître et l'agresse
au point que, pour se défendre
elle doit sécréter la nacre arrondie, cette réaction de défense
donne un bijou dur, brillant et précieux.
Boris Cyrulnik

La naissance de Pierre fut rapide, euphorique en constatant l'apparition d'un garçon alors que le gynécologue avait prédit la venue d'une troisième fille à la lecture de l'échographie.

Pierre avait grandi sans poser de problème et j'étais beaucoup plus sereine avec cet enfant qu'avec ses sœurs, relativisant davantage les bobos et autres soucis mineurs. La troisième fois, on connaît la musique ai-je envie de dire. Quand de surcroît, cet enfant présente un intérêt certain pour l'apprentissage scolaire, on vit dans le coton, on n'imagine pas qu'un quelconque événement vienne ternir l'exaltation d'une vie simple et satisfaisante pour tous.

Pierre est né une seule fois, comme tout le monde et pourtant nous l'avons mis au monde une seconde fois dès l'instant où il a sombré dans le coma. Cette léthargie prolongée, émaillée de moments de doute et de certitudes n'a jamais entamé notre force de vie. Chacun de nos gestes, chacune de nos attitudes furent guidés par cette force. « Accoucher » d'un enfant à la fois connu et méconnu nécessite une énergie, une vigueur, une unité familiale extraordinaire en raison des multiples paramètres qui vont étayer le développement de cet enfant : le soutien, les attitudes à ajuster en fonction des séquelles, l'environnement social, le corps médical.

Dès l'instant où Pierre a tué la mort qui l'avait nargué, il lui fallait vivre et revendiquer cette place de vivant dans une société élitiste qui peut, sans le savoir, désapprouver d'un regard celui qu'elle ne (re)connaît pas. Le corps médical, premier rempart d'une aventure extraordinaire n'a pas encore suffisamment réfléchi à l'importance de sa tâche qui consisterait à envisager le malade dans sa globalité et à inclure les proches dans le processus de reviviscence. Ces professionnels de la santé, surchargés de travail, à l'écoute des nouvelles technologies, envahis par un travail administratif grandissant, appelés à participer à des congrès, maîtrisent chaque jour davantage les moyens de guérison ou, en tout cas, d'amélioration de l'état des malades. L'expérience, à travers le cas de Pierre, nous a laissés amers quant au soutien psychologique des médecins. Quand l'espoir leur échappe, ils ont peur, c'est mon profond ressenti. Peur de quoi? Peur de la mort. Et la peur est l'ennemie de l'efficacité. Notre lutte pour la vie de Pierre et les moyens mis en place furent un jour qualifiés d'optimisme béat! Imaginons les conséquences de ces deux mots sur des personnes crédules, moins combatives. Nous nous sommes débrouillés seuls, fermement déterminés à ne rien lâcher, à n'écouter que notre cœur, à y croire tout simplement. Le neurochi, dont la compétence ne laisse planer aucun doute, a suivi l'évolution de Pierre jusqu'à notre départ pour la France et n'a jamais caché sa satisfaction (!) vis-à-vis de notre ténacité qui a contribué à ce que Pierre reconquière ses fonctions à un stade appréciable eu égard aux lésions cérébrales graves consécutives au traumatisme crânien. Il avouait volontiers son étonnement face à la récupération de Pierre et il en était heureux. À aucun moment nous n'avons évoqué nos divergences de vue qui ont ponctué ces quatre-vingts jours de coma, la réalité valant tellement mieux que la polémique. Si les facultés de médecine pouvaient ouvrir un espace plus large à l'approche psychologique des patients et de leurs proches, je pense vraiment que tout le monde gagnerait en confiance réciproque et en dialogue créatif et constructif.

Sa conscience réactivée, Pierre s'est rapidement reconnecté au monde. L'équilibre affectif, le milieu familial sécurisant, son caractère accrocheur lui offraient des bases solides pour affronter des réalités qui allaient s'avérer sinon insurmontables pour certaines, en tout cas insupportables au demeurant. Le défi était de taille pour un gamin de neuf ans, aux idées déjà bien ancrées jusque-là et qui allait devoir corriger sa copie à plus d'un titre. De projets fous en phases de révolte, ses réactions nécessitaient une bonne dose de pragmatisme. Il s'agissait tantôt de le recadrer sans le briser, lui permettre de rêver comme un enfant a le droit de rêver, tantôt de canaliser la révolte qui s'emparait de lui. Comme un volcan vomit sa lave brûlante, Pierre crachait sa révolte froide avec l'énergie du désespoir. À ces épisodes éprouvants succédaient le relâchement, la fatigue, l'apaisement. Gérer ces moments d'une telle souffrance s'avère un exercice délicat, une sorte d'entraînement à la diplomatie affective, à la dédramatisation qui s'acquièrent avec le temps car le désordre ainsi exprimé par mon fils me renvoyait à mon propre fracas. La révolution précède souvent l'évolution. La resocialisation de Pierre fut, elle aussi, un parcours du « combattant ». Pierre a tué la mort. Il allait devoir à présent tuer les préjugés et affronter le regard des autres. Sorti des critères classiques liés à l'apparence, la déambulation autrement que sur ses jambes, la perspective de vivre et d'exister selon des moyens différents, il avait pour tâche de rassurer le monde sur la condition humaine afin de pouvoir reconquérir sa place dans la société. Plutôt que se résigner au cloître, il a rapidement accepté d'aller au-devant des autres. Ce faisant, il a souvent réalisé, sans le savoir, un formidable travail d'éducateur en ramenant vers lui ceux que la peur avait tendance à éloigner. Nombreux sont ceux qui ont avoué avoir réfléchi à leurs propres conflits intérieurs grâce au discours et à la volonté de Pierre. Se débarrassant de la gangue stérile qui l'enveloppe, l'être humain peut ainsi découvrir la pierre précieuse qui sommeille en lui et n'attend qu'une taille respectueuse de ses multiples facettes pour laisser jaillir le kaléidoscope des couleurs essentielles à illuminer sa vie.

À travers le combat de Pierre, j'inclus bien sûr toutes les personnes qui, par leur engagement, humanisent ce que les aléas de la vie, la perspective de la mort induisent de déshumanisant.

Réagir, s'enrichir plutôt que subir : deux clefs pour ouvrir les portes de l'espoir et de la réalisation de soi. Le bref passage de Pierre dans son ancienne école nous a clairement renseignés sur la notion de performance intellectuelle qui supplante de nos jours l'enseignement prodigué par l'expérience.

Être ou avoir : un libre choix. L'institutrice qui a accueilli Pierre dans sa classe pendant trois ans a osé agir librement.

S'embastiller dans des concepts guidés par des critères de représentation sociale aux connotations arrivistes, c'est générateur de stress et contraire à la liberté d'être. Le stress, omniprésent dans le monde du travail, déclenche des comportements suicidaires, des passages à l'acte. La performance, la compétitivité, la concurrence, la pression hiérarchique apparaissent de façon récurrente comme raisons à ces drames. Un dîner d'affaires, un vin millésimé à l'étiquette pompeuse pour un palais inexpérimenté, un menu sur papier glacé dans un établissement étoilé, une addition qui « en jette », le geste détaché au portefeuille, tous les ingrédients sont réunis pour afficher la réussite, voguer dans l'illusion du bonheur. AVOIR !

Pierre nous a conduits à l'essentiel. Il nous a délivrés d'un quotidien qui génère des certitudes stupides, des illusions perverses. Nous nous sommes posé les bonnes questions dont celle qui me paraît essentielle : quel sens donner à la vie ? Quelles sont les vraies valeurs à explorer pour y répondre ? L'aspect matériel procure certes des satisfactions, souvent chimériques et empreintes de sensation de confort, de sécurité apparente, de plaisir immédiat.

Quand le chaos surprend brutalement, deux solutions s'opposent. Le désespoir, la démission ou au contraire partir à la conquête de soi, des autres pour donner un sens à la vie, à la souffrance plutôt que chercher le sens de la vie. De l'expérience émane la connaissance contrairement au savoir qui fait appel à l'intellectuel.

Différentes étapes se sont succédé au cours de notre cheminement. Dès l'instant du drame, on se demande ce qu'il arrive à notre enfant, à nous et surtout, pourquoi. La souffrance est insoutenable. Le sol explose sous nos pieds, tous les repères disparaissent d'un coup. On est là, hagards, comme perdus au milieu de nulle part à se demander si tout çà ne relève pas de la fiction. Un profond sentiment d'injustice nous taraudait mais jamais nous n'avons pensé : pourquoi Pierre ? Et d'ailleurs, pourquoi un autre car l'horreur vécue à ces moments-là, on ne peut l'imaginer et la souhaiter pour personne. Les premiers jours passés, on tente de se ressaisir, on se dit que les jérémiades sont inutiles, qu'il s'agit de s'organiser rapidement et au plus près de l'équipe médicale pour offrir à la personne blessée que l'on aime les meilleures chances de s'en sortir au mieux. Commence alors ce combat sans merci, la stimulation, l'union familiale, les doutes, les espoirs qui renaissent du moindre signe de vie, de réactivité de l'être en souffrance. L'envie folle de le faire vivre lui a probablement insufflé la force de se battre, j'en reste persuadée. Aujourd'hui encore, je peux affirmer que nous avons vécu des moments d'intense complicité nonobstant l'absence de langage verbal de notre fils mais aussi dans les silences qui en disent long quelquefois sur la proximité des âmes. Notre force de vie était guidée par le refus de subir la fatalité, par le désir vif d'être acteurs et artisans de notre vie et celle de nos enfants.

Il m'est arrivé de pleurer dans des moments de solitude. Souvent. Ces pleurs libéraient non seulement la tristesse, ils neutralisaient la pression qui pesait en moi et me donnaient la force de repartir au front encore et encore. Pleurer atteste du plus grand des courages, celui de souffrir, nous dit Victor Frankl (neuropsychiatre et déporté au camp d'Auschwitz).

Puis, nous avons accompagné Pierre dans son long travail de « réparation » et de réinsertion.

Les coups de griffes que m'a quelques fois infligés la vie n'ont jamais eu raison de ma rage de vaincre, de mon insoumission face à l'injustice ou ce que je ressentais comme tel. N'empêche que l'accident de Pierre est parvenu à me déstabiliser pendant quatre ou cinq ans. J'assumais et je donnais le change en tenant physiquement le coup et en restant attentive à tout et à tous. Cependant, la souffrance me rongeait et il m'arrivait souvent de ne pouvoir prononcer le nom de Pierre sans pleurer, à ceux qui me demandaient si souvent de ses nouvelles. Il dormait au rez-de-chaussée et de longs mois sont passés avant que je m'oblige enfin à rentrer dans la chambre qu'il occupait à l'étage avant le crash. Je m'en voulais de cette faiblesse soudaine à réagir alors que la combativité me caractérisait depuis longtemps. Puis un jour, je me suis interrogée sur moi-même, sur mes motivations, sur la vie, la mienne et celle de ceux pour qui je me démenais de la sorte. Cette introspection m'a amenée à porter un jugement désapprobateur sur ce comportement intérieur qui me rendait malheureuse, risquait d'entamer le moral des autres et casser l'unité que nous maintenions dans notre couple et avec nos enfants.

L'enfer, c'est les autres, selon Sartre. Eh bien là, l'enfer, pour moi, c'était moi. Véritable catharsis en me plaçant face à moi-même, en faisant resurgir tout ce que nous venions de vivre d'à la fois innommable et merveilleux, je me suis trouvée lâche et minable. Nous étions tous réunis, comme avant, soudés plus que jamais et donc riches de bonheur. Riches, pour la première fois de notre vie. Ça valait le coup de se réjouir. Puis, je me suis bousculée sérieusement en découvrant le formidable chemin déjà parcouru et celui à venir avec ceux que j'aimais. Dès lors, j'ai pu recoller à la vie, me projeter dans l'avenir, apprécier la chance que nous donnait Pierre de réajuster nos valeurs. Ma vraie nature optimiste (non béate...) se remettait en marche. C'est à partir de ce questionnement en miroir que j'ai recouvré la liberté. La liberté d'être, d'exister, sans concession. Le processus de résilience s'engageait. Pierre m'a guidée sur le chemin de la sagesse, celle qui consiste à s'abreuver de choses simples : l'éclosion d'une fleur, l'éclat de rire d'un enfant, signe d'éveil, d'espérance. Je veux croire encore que le soleil, au crépuscule, s'engouffre dans les flots, que la lune se faufile dans une cheminée pour éclairer le livre lu par une mère à son petit, au coin de l'âtre. Je veux croire encore que les étoiles se rassemblent pour colorer mes rêves.

Le chaos, né de l'histoire de Pierre, restera inscrit dans notre vie. La souffrance demeure. Aérienne, passée de l'état solide à l'état gazeux. Nous l'avons sublimée en donnant un sens à la secousse.

L'itinéraire ne fut pas toujours idyllique mais nous bénéficions à présent d'un paysage riche en découvertes sur nous-mêmes et le monde. Fantastique voyage au cœur de ressources insoupçonnées, porteuses d'une vitalité ductile.

Un « merveilleux malheur ». C'est l'oxymore choisi par Boris Cyrulnik pour illustrer le phénomène de résilience. Il traduit avec justesse l'équilibre acquis de notre expérience.

Les émotions et ressenti de chacun(e) appartiennent à un patrimoine intime intangible.

Ce témoignage est le mien. Il eut été insolent de m'exprimer à la place de ceux et celles qui furent acteurs de notre histoire commune. C'est pourquoi j'ai sollicité et obtenu de mon mari qu'il s'exprime dans le chapitre suivant, qu'il confie à son tour son cheminement. Cela me paraît à ce point intéressant et nécessaire que nous avons mené à deux, de bout en bout, cet engagement contre les effets ravageurs et finalement contrôlés du destin de notre fils. Cette unité, émanation d'un amour inconditionnel, fut et reste la clef de voûte de notre combat.

Prendre la vie comme elle vient...

Le parcours vital de Pierre m'a ouvert les yeux sur une perspective non seulement nouvelle mais novatrice par rapport à l'approche et la compréhension de l'être humain et du contexte dans lequel il pérégrine.

Jusqu'à l'*accident* de mon fils, j'essayais de poser des jalons dans sa marche, dans sa progression de manière à lui offrir un chemin balisé. Les différents repères posés étaient essentiellement issus de mon expérience d'homme et de père. Consciemment et inconsciemment, je nourrissais un certain espoir, une ambition de voir Pierre évoluer dans un créneau sécurisé et quelque peu teinté par des souhaits personnels. Certaines projections de ma part coloraient le tableau de son parcours de vie. Mon intrusion dans son cheminement reflétait mon concept de père protecteur. Toutefois, j'agissais de manière à laisser (quand même) à Pierre le soin de progresser en fonction de choix bien ciblés de sa part. En résumé, ma présence se pointait constamment en filigrane au travers de ses agissements. Une certaine osmose dynamisait notre relation.

Puis un jour, le chemin tracé de concert ne fut plus rectiligne comme imaginé. Ses pas appuyés par les miens sont sortis de l'ornière pressentie pour emprunter un chemin de traverse...

Avant d'entrevoir une autre alternative, aussi bien Pierre que moi avons dû accepter l'*accident de parcours* avec un maximum de sérénité et de justesse. Ce ne fut pas chose aisée de changer de cap en intégrant de nouveaux acquis émanant de son naufrage (c'était mon ressenti du moment). Dans de telles circonstances particulièrement bouleversantes, voire déstabilisantes, il est de coutume de faire son deuil. Personnellement, je n'adhère pas à ce concept. Je m'explique.

Ma philosophie de la vie a toujours été non seulement de vivre le moment présent, mais aussi d'en accepter pleinement toutes les conséquences. Les choses sont telles qu'elles sont. Il est évident qu'une telle attitude demande du recul et une bonne dose de réflexion. Selon moi, la vie c'est avancer en tenant compte très sereinement de tout ce qui se présente. Tel un fleuve, la vie coule. Suivre son cours évite de sombrer dans des pensées néfastes et bien souvent illusoires. Les regrets et les remords n'ont pas leur place dans toute perspective d'évolution. Heureusement, Pierre et moi nous nous accordons merveilleusement bien selon ce point de vue. Cette force de caractère commune nous a permis et nous permet toujours d'entrevoir le déroulement de la vie de manière positive et édifiante.

Tout accident bouleverse profondément les acquis et les points de repères échafaudés depuis des années. Subitement, tout est balayé. Même si le tsunami est brutal, quelles que soient les traces et blessures laissées, il faut panser les plaies ouvertes et œuvrer à leur cicatrisation. C'est en acceptant le séisme et en affrontant ses conséquences qu'on peut continuer à avancer. Bien sûr, il faut obligatoirement changer son fusil d'épaule pour ajuster le tir différemment. Un certain temps est nécessaire pour structurer de nouveaux plans tout en adoptant une attitude (davantage) réceptive aux turbulences éventuelles.

Nourris par de telles convictions et toujours portés vers l'avant par la force de vie (universelle), l'éventualité d'une période de deuil n'a pas sa place et risque de freiner voire de provoquer quelques distorsions par rapport à ce que la vie est et doit être…

Nous avons pris conscience que la vie n'est pas telle que l'on voudrait qu'elle soit, mais qu'elle EST. Simplement… Cette vision peut paraître utopique aux yeux de certains, mais c'est elle qui guide chacun de nos pas dorénavant. Voir et accepter les circonstances telles qu'elles sont est un gage insoupçonné de réussite et d'adéquation de tous nos faits et gestes. Être en phase avec la réalité et s'inscrire dans la dynamique du moment présent nourrissent notre attention vigilante…

On pourrait taxer une telle attitude d'optimisme béat. Il n'en est rien ! Entretenir des remords et s'appesantir sur une situation que l'on n'arrête pas de qualifier de lourde ne peut pas apporter de l'eau à notre moulin. La source de vie, c'est de voir les choses telles qu'elles sont sans surimposer des émotions bien souvent perturbatrices pouvant porter préjudice dans l'engrenage naturel de tous les événements de notre quotidien. Le fusil est enrayé quand nous n'arrivons pas à appuyer sur la gâchette avec justesse, dextérité et à-propos…

Avec du recul, j'ai pris conscience que l'accident de Pierre ne concernait que son enveloppe psychosomatique. Ce qu'il est (comme tout être humain) profondément et essentiellement dépasse cette limite exclusivement matérielle. La force vitale, l'énergie universelle de qui nous sommes une sécrétion *est* toujours là en toile de fond… C'est grâce à cette impulsion initiale que la vie continue et que des solutions appropriées se profilent et se concrétisent… Selon cette perspective, Pierre est toujours en construction et il est inadéquat de parler d'une éventuelle reconstruction. Si l'apparent a changé, le fond reste identique.

Les ressources dont nous disposons pour soutenir et encadrer notre fils nous sont offertes par la *source de vie, la force vitale…* (ces concepts ne font référence à aucun système religieux bien défini). Cette conviction est profondément enracinée en nous et de plus en plus ancrée depuis l'accident de Pierre que je qualifierais volontiers d'aubaine. Il s'agit d'un véritable privilège, d'une opportunité qui nous permet de décanter la nature primordiale de tout un chacun.

Actuellement, notre leitmotiv (notre fil d'Ariane) est de prendre simplement la vie comme elle vient…

À ce jour, Pierre poursuit sa route sans se poser trop de questions. Ses interrogations principales concernent sa qualité de vie et ses modalités d'ouverture à l'autre. Ses capacités et potentialités physiques lui permettent de bénéficier d'une certaine autonomie qui le stimule et l'autorise à envisager ses pérégrinations quotidiennes avec lucidité. L'énergie dont il dispose le guide adroitement dans ses choix et dans son orientation *humaine*. Il est évident qu'une aide lui est nécessaire, mais celle-ci n'entrave nullement la rectitude de son parcours.

En conclusion, je dirais que la relation père/fils s'est enrichie considérablement et s'est dotée et ornée de qualités jusqu'alors insoupçonnées. Grâce à Pierre, mes œillères (de père protecteur et normatif) sont tombées et ma disponibilité est davantage accordée à ses besoins et demandes. Toute sollicitation intempestive de ma part n'a plus sa place dans mes temps de présence avec lui. J'essaie de répondre de manière juste et édifiante à ses requêtes. La même dynamique nous anime et guide chacun de nos pas…

Même si son embarcation connaît des roulis et des tangages, Pierre vogue toutes voiles dehors. Sa vitesse de croisière est modulée automatiquement par les besoins du moment.

Avoir le vent en poupe est sa devise quelles que soient les circonstances de la vie et les remous de l'Océan, au sein duquel chaque être est une vague, un soubresaut éphémère et évanescent…

Tu as ta vérité, j'ai la mienne, mais n'oublie pas que nous avons la même langue pour essayer de nous comprendre.

Proverbe tsigane

Toujours, j'ai été séduite par ceux que l'on nomme « les gens du voyage ».

Souvent, je me suis surprise à rêver à ces gens qui parcourent le monde à la rencontre d'autres vies, avec leur famille, leurs enfants sur qui ils posent un regard protecteur, dont ils sont fiers et qu'ils ont l'audace, la générosité d'éveiller à d'autres cultures. Ces ethnies, d'origines diverses, se rassemblent et s'unissent dans des modes d'expression commune : la musique, les chants aux tonalités colorées d'exotisme, les voix aux vibratos nostalgiques qui racontent une histoire, leur histoire, leurs origines.

Les tsiganes. Ce nom chante à lui seul. Pour peu, on le ferait rimer avec cigales.

Ces nomades se nourrissent de denrées rares : la liberté, la liberté d'être, la fierté d'afficher leurs différences. Jadis, on les appelait les voleurs de poules. Aujourd'hui, on ne les appelle plus, on les jette à la pelle. Ils font peur, ils sont différents, ils bousculent nos habitudes, ils menacent notre environnement, ce « sacré » territoire privé. Ils doivent s'interroger à la vue des murs si souvent érigés autour des maisons des sédentaires et qui semblent annoncer : « Pas touche, pas regarde ». Le voisin fait peur, lui aussi. Au nom de la propriété privée, on se prive plus encore de l'apport humain du voisin, utile au développement affectif, à la connaissance de soi et des autres. En plombant l'horizon, on verrouille les (r)apports humains. Dans le cadre de la fête des voisins, cuvée 2012, et à la question de savoir quel est le voisin idéal, 76 % des Français interrogés ont répondu : « le voisin idéal, c'est celui qu'on ne voit pas ». Triste constat d'un individualisme solidement fixé dans les mentalités.

Je n'aurai donc pas sillonné les routes comme ces gens qui me font rêver.

En revanche, j'ai pris, depuis vingt ans, la route du cœur et les chemins de traverse empruntés m'ont conduite à la découverte de moi-même et de ceux qui s'inscrivent dans mon univers : mes enfants, mon mari. Ce voyage au creux de nos tripes, s'il fut ponctué de parois à escalader, il nous a tous activés. Quelquefois sèchement. Mais l'amour, essence dynamisante de notre combat, a permis à Pierre d'aligner les jalons qui le mènent à vivre sa vie et affronter les étapes avec dignité, courage et patience.

Notre plus belle victoire est sans doute d'avoir pu réaliser ce parcours escarpé à l'unisson, dans le respect de chacun pour chacun.

Premier de cordée, sans jamais dévisser, Pierre nous a tous tirés vers des sommets avec l'amour pour principale source d'oxygène.

Du haut du versant montagneux où il tricote le patchwork de sa vie, Pierre peut enfin brandir le fanion de la victoire, symbole de maîtrise de soi et de l'obstacle.

La vie est une toile vierge sur laquelle nous peignons
les formes que nous inspirent nos projections, nos émotions,
nos rêves de devenir.
À nous de serrer entre les doigts les pinceaux les plus affûtés
qui en traceront les contours avec la patience, l'adresse, la grâce
de l'artisan.
Les gouaches, les huiles, les pastels animeront cette œuvre
à travers les nuances, l'intensité de notre ressenti.
Oser s'offrir à soi un tel cadeau est un don inestimable à
l'édifice intérieur qui guidera chacun de nos pas.

Bibliographie

Autobiographie d'un épouvantail
Boris Cyrulnik, Ed. Odile Jacob, 2008

Mourir de dire la honte
Boris Cyrulnik, Ed. Odile Jacob, septembre 2010

Un merveilleux malheur
Boris Cyrulnik, Ed. Odile Jacob, mars 1999

Quand l'enfant se donne la mort
Boris Cyrulnik, Ed. Odile Jacob, octobre 2011

Quand l'enfant nous délivre du passé
Etty Buzyn, Ed. Odile Jacob, février 2011

La solution intérieure
Thierry Janssen, Ed. Fayard. 2006

La maladie a-t-elle un sens ?
Thierry Janssen Pocket Evolution, 2008

Une vie pour se mettre au monde
Marie De Hennezel, Bertrand Vergely, Carnets Nord 2010

Imprimé en France
ISBN 979-10-203-0253-3
Dépôt légal : 3e trimestre 2013

Imprimé en France
FROC02n0704240118
18433FR00017B/211/P